운룡쟁천

조돈형 新무협 판타지 소설
FANTASTIC ORIENTAL HEROES

운룡쟁천 5
조돈형 新무협 판타지 소설

초판 1쇄 찍은 날 § 2009년 11월 23일
초판 1쇄 펴낸 날 § 2009년 11월 30일

지은이 § 조돈형
펴낸이 § 서경석

편집장 § 문혜영
편집책임 § 유경화
편집 § 조수희

펴낸곳 § 도서출판 청어람
등록번호 § 제1081-1-89호
등록일자 § 1999. 5. 31
어람번호 § 제2-1847호

주소 § 경기도 부천시 원미구 심곡동 163-2 서경B/D 3F (우) 420-010
전화 § 032-656-4452 팩스 § 032-656-4453
http://www.chungeoram.com
E-mail § eoram99@chol.com

ⓒ 조돈형, 2008

ISBN 978-89-251-2002-7 04810
ISBN 978-89-251-1372-2 (세트)

※ 파본은 구입하신 서점에서 교환하여 드립니다.
※ 저자와 협의하여 인지를 붙이지 않습니다.
※ 이 책은 도서출판 청어람과 저작자의 계약에 의해 출판된 것이므로,
  무단 전재 및 유포·공유를 금합니다.

운룡쟁천 5

조돈형 新무협 판타지 소설
FANTASTIC ORIENTAL HEROES

目次

제39장 암흑마교(暗黑魔敎)	7
제40장 무당(武當)으로	37
제41장 혈로(血路)	75
제42장 매화비영진천하(梅花飛泳振天下)	111
제43장 반역(叛逆)의 싹	143
제44장 초혼살루(招魂殺樓)	173
제45장 당가풍운(唐家風雲)	209
제46장 마노(馬老)	239
제47장 운무탈혼진(雲霧奪魂陣)	279

第三十九章

암흑마교(暗黑魔敎)

"후~ 대체 어찌 된 일이란 말인가?"

명인결이 답답함을 토로하며 전장 뒤편을 바라보았다. 아무리 기다려도 적혈신마의 모습은 보이지 않았다.

"도대체 적혈신마께선 어디에 계신 겁니까?"

염라수 간송이 피범벅이 된 얼굴로 다가와 물었다.

명인결이 깜짝 놀라 되물었다.

"부상을 당한 것인가?"

"그럴 리가요."

간송이 피식 웃으며 얼굴에 묻은 피를 쓱 문질렀는데 얼마나 많은 피를 묻혔는지 좀처럼 지워지지가 않았다.

"그나저나 어찌 된 일입니까? 원래의 계획과는 다르지 않습니까? 적혈신마 어르신은 어디에 계십니까?"

"후~ 나도 모르겠네. 이곳에서 당연히 기다리고 계실 줄 알았건만."

명인결이 답답한 표정으로 대답했다.

"하면 어찌합니까? 이대로는 안 됩니다."

간송이 심각하게 굳은 얼굴로 조금씩 뒤로 밀리는 수하들을 가리켰다.

"음."

명인결의 입에서 묵직한 신음이 흘러나왔다.

조금 전, 비동 밖으로 탈출하는 군웅들에게 보내던 조소는 사라진 지 오래고 누가 적이고 누가 아군인지 모를 정도로 치열한 혼전이 펼쳐지는 전장을 응시하는 그의 안색은 딱딱하게 굳어 있었다.

비동을 탈출한 군웅들의 수는 대략 사백여 명 정도였고 현재는 절반 이상이 줄어 고작 이백여 명 정도가 살아 있을 뿐이었다.

그 정도 피해를 입히기까지 구중천이 당한 손실 역시 만만치 않았는데 선봉에 섰다가 무광과 소림사의 무승들을 상대해야 했던 흑천이대는 사십 명도 살아남지 못할 정도로 극심한 피해를 당했고 수라검문과 맞부딪쳤던 흑천삼대 역시 엄청난 피해를 당했다.

전체적으로 봐도 거의 삼분지 일이 훌쩍 넘는 인원이 목숨을 잃었다. 동굴에서 수많은 군웅들을 거의 일방적으로 학살했던 것을 생각하면 상상도 할 수 없는 피해였다.
 문제는 그럼에도 불구하고 그다지 승기가 보이지 않는다는 것. 병력의 숫자나 질은 압도적으로 우세했지만 그들을 이끄는 고수들이 부족했다.
 "진다고 생각하는가?"
 "처음 계획대로 적혈신마님과 도존, 그분을 따라 움직인 전력이 함께 합공을 했으면 문제될 것이 없었으나 지금은… 고수들만 남았습니다. 특히 저놈들이……."
 간송의 시선을 따라 명인결의 얼굴이 움직였다.
 그의 눈에 무시무시한 움직임으로 수하들을 압박하는 무광과 소림사의 무승들, 소벽하와 수라검문의 고수들이 들어왔다. 또한 그다지 많지 않은 인원임에도 독과 암기를 이용하여 그 어떤 문파보다 수하들을 괴롭히는 당가의 능력도 발군이었고, 그들 모두를 완벽하게 조율하며 전장을 이끄는 영운설의 능력은 과연 대정련의 군사라 엄지손가락을 치켜세울 만큼 대단한 것이었다.
 '그리고 바로 저놈.'
 무광이나 소벽하처럼 두드러지지 않았으나 그들과 비교해 조금도 부족함이 없는, 어쩌면 그 이상의 활약을 펼치는 한 사내의 모습이 눈에 들어왔다.

'도극성이라 했던가?'

방금 전, 그에게 목숨을 잃은 호법 석당(錫塘)을 떠올리자 입맛이 썼다.

"결국 놈들에게 등을 보여야 한단 말인가? 두 배가 넘는 인원을 가지고도?"

한참이나 전장을 응시하던 명인결이 피나도록 입술을 깨물며 중얼거렸다.

"어쩔 수 없습니다. 그나마 저놈들이 편히 보내줄는지 모르겠습니다."

간송이 죽을 듯 달려드는 군웅들을 바라보며 염려스런 표정을 짓자 명인결이 싸늘히 웃으며 고개를 끄덕였다.

"하긴, 그만큼 당했으면 쉽게 놓아주려고 하진 않겠지. 그래도 놓아주지 않고는 못 배길 거야."

순간, 의아한 표정을 짓던 간송은 조심히 품을 뒤지는 명인결의 모습에 화들짝 놀란 표정으로 물었다.

"그… 걸 사용하실 생각입니까?"

명인결이 고개를 끄덕였다.

"그러나 그 물건은 함부로 사용해선……."

"어쩔 수 없지 않은가? 후~ 이럴 줄 알았으면 아예 저곳에서 사용하는 것인데 그랬어. 동굴 안에서 끝장을 보았으면 이런 고생은 하지 않았을 텐데 말이야."

"그때야 이런 상황이 벌어질 줄은 몰랐지요."

"후~ 그런가?"

씁쓸히 고개를 흔든 명인결이 손에 든 물건을 잠시 살펴보다 시선을 전장으로 향했다.

꽈꽈꽝꽝!

어마어마한 폭음이 지축을 뒤흔들었다.

그 충격파가 어찌나 컸던지 수백 명이 한데 뒤엉켜 싸우던 전장의 모든 움직임이 일순간에 멈춰 버렸다.

단 한 번의 폭발로 인해 주변 십여 장이 초토화되었고 십수 명의 목숨이 흔적도 없이 사라져 버렸다.

전장을 휩쓴 폭발의 여파가 가라앉기도 전, 누군가 폭발에 사용된 화기를 알아보고 소리쳤다.

"서, 설마? 마, 마화염폭(魔火炎爆)?"

군웅들의 시선이 소리를 지른 사람에게 향했다.

새하얗게 질린 얼굴로 소리를 지른 사람은 당가의 장로 당고후였다.

당고후가 내뱉은 말의 의미는 실로 중대했다.

마화염폭은 당가의 독왕뢰(毒王雷), 지금은 기억 속으로 사라진 벽력가의 열화굉천뢰(熱火轟天雷)와 더불어 절대 사용해서는 안 되는 무림의 삼대금기화기였다.

이미 무림에 자취를 감춘 지 오래되었음에도 그 절대적인 위력만큼은 모르는 자가 없었다.

"마화염폭이라니!"

"그 악마의 마물이!!"

군웅들은 마화염폭이 등장했다는 것에 다들 경악을 금치 못했는데 조금 더 생각이 있는 사람은 단순히 마화염폭보다는 과거 그것을 사용하여 악명을 떨쳤던 무리를 떠올리며 전율했다.

"암흑… 마교인가요?"

마화염폭과 암흑마교의 연관성을 가장 먼저 떠올린 영운설이 딱딱하게 굳은 얼굴로 물었다.

그녀가 던진 한마디는 조금 전, 전장을 휩쓸던 마화염폭의 폭발력과 비할 바가 아니었다.

그렇잖아도 볼품없던 몰골이 격전을 거듭한 탓에 더욱 꾀죄죄하게 변한 유운개가 기겁을 하며 되물었다.

"지, 지금 한 말이 무슨 뜻이오, 군사?"

유운개보다 더욱 경악한 얼굴로 소리치는 사람은 무당파의 운강 진인이었다.

"암흑마교라니! 그게 무슨 말인가?"

영운설은 그들의 물음에 반응하지 않고 상대편의 우두머리라 할 수 있는 명인결을 응시할 뿐이었다.

"대정련의 군사라더니 제법 안목이 있구나."

이미 천붕지계(天崩之計)가 발동된 터. 명인결은 자신들의 신분에 대해 굳이 부인할 필요가 없다고 여겼다.

"암.흑.마.교!"

"정녕 네놈들이!"

비릿한 웃음을 머금고 있는 명인결과 그의 수하들을 바라보는 군웅들의 전신에서 분노와 함께 엄청난 적의가 피어올랐다.

그 옛날, 무림을 피로 적신 암흑마교의 끔찍한 기억을 떠올렸는지 공포감에 물든 이들도 있었다.

"한빙음살마혼장이 등장했을 때부터 생각했어야 했는데… 결국 무림은 암흑마교의 음모에 제대로 놀아난 꼴이군요."

영운설이 자조의 웃음을 흘리며 말하자 명인결이 쓴웃음을 지으며 대꾸했다.

"제대로 놀아난 것은 아니지. 솔직히 이런 결과는 상상도 못했으니까."

명인결이 주변에 널브러진 시신들을 바라보며 말을 이었다.

"계획대로라면 애당초 이런 혼전은 있을 수 없었다. 일방적인 학살만이 있을 뿐. 뭐, 그런대로 성과는 있었다만 대체 일이 어디서 잘못된 것인지… 쯧."

명인결이 한껏 아쉽다는 표정을 짓자 사람들의 시선이 자신들도 모르게 도극성을 향했다.

도극성은 자신에게 쏟아지는 시선을 슬며시 외면했다.

당가가 손쓸 틈도 없이 출입구를 뚫을 때 얼마나 기겁을 했던가.

 곽월의 말대로라면 그곳에서 사실상 적의 주력이라 할 수 있는 전력이 함정을 파고 기다리고 있어야 했으나 어찌 된 일인지 걱정하던 일은 벌어지지 않았다.

 '이곳에 최정예가 모여 있다고 했는데… 저자의 표정을 보니 뭔가 잘못된 것 같군. 그나마 다행인데…….'

 도극성의 시선이 폭발로 인해 무섭게 패인 땅을 바라보며 침을 꿀꺽 삼켰다. 그곳에선 아직도 모락모락 연기가 피어올랐고 더불어 뜨거운 열기를 뿜어내고 있었다.

 '마화염폭이라 했던가? 이름만큼이나 무시무시하군.'

 도극성이 혼자만의 생각에 빠져 있을 때 영운설이 고운 아미를 잔뜩 찌푸리며 물었다.

 "마화염폭은 독왕뢰, 열화굉천뢰와 함께 금기의 무기로 알고 있어요. 어찌 함부로 사용한 것이지요?"

 "그거야 마화염폭을 두려워한 놈들이 정한 허울 좋은 구실에 불과한 것이지. 우리는 인정하지 않았다."

 "허울 좋은 구실이라고요? 그렇다면 암흑마교에선 지금껏 허울 좋은 구실을 암묵적으로 따른 것인가요?"

 영운설이 날카롭게 추궁했다.

 그녀의 말대로 과거에 암흑마교는 마화염폭을 함부로 사용할 수가 없었다. 단순히 무림삼대 금기화기 운운해서가 아니라 현실적인 계산 때문이었다.

암흑마교의 마화염폭은 천하에 으뜸가는 폭발력을 지닌 무서운 무기였지만 그렇다고 독보적인 위치에 있지는 않았다. 마화염폭에 못지않은 위력을 지닌 당가의 독왕뢰와 벽력가의 열화굉천뢰가 있었기 때문이었다. 특히 당가의 독왕뢰는 단순히 폭발에만 그치는 것이 아니라 폭발의 여파가 미치는 일대를 완벽하게 중독시키는데, 단 하나의 독왕뢰에 암흑마교 정예 병력 오십이 그 자리에서 전멸한 적이 있을 정도로 그 위력이 무시무시했다. 결국 서로의 무기를 두려워한 암흑마교와 대정련은 암묵적이나마 두 무기의 사용을 자제했고 이후, 열화굉천뢰와 더불어 무림의 삼대금기화기가 되었다. 영운설은 바로 그 일을 가지고 꼬투리를 잡는 것이었다.

"그땐 그때고."

"음."

상대의 뻔뻔함에 영운설은 침음성을 삼키고 말았다.

상대가 마화염폭을 사용하면 그에 상응하는 대가를 치러줘야만이 마화염폭의 사용을 막을 수가 있었다. 하지만 마화염폭과 대응할 수 있는 것은 오직 독왕뢰뿐. 아군에 당가의 식솔들이 있다 해도 그들이 당가에서도 극비리에 보관되는 것으로 알려진 독왕뢰를 지니고 있을 리는 만무한 일이었다.

현실적으로 상대의 마화염폭을 제지할 수단이 없다고 여긴 영운설은 초조함을 감추지 못했다.

불가능한 것을 알면서도 영운설의 시선이 자신도 모르게

당가로 향했고 그녀를 따라 군웅들의 시선도 일제히 당가를 향했다.

군웅들의 시선을 한 몸에 받게 된 당고후는 무척이나 곤혹스런 표정이었다.

그의 표정을 읽은 영운설의 얼굴에 실망감이 깃들 무렵 한 사내가 당가의 식솔들을 헤치며 앞으로 나섰다.

당고후를 향했던 시선이 자연스럽게 그와 어깨를 나란히 하고 선 이십대 중반의 청년에게로 향했다.

"그땐 그때라… 하면 묻겠습니다. 당시의 묵계는 깨진 것입니까?"

명인결을 향해 질문을 던지는 청년의 눈빛이 사뭇 날카로웠다.

"편한 대로 생각하여라."

명인결이 피식 웃으며 대꾸했다.

"다시 묻겠습니다. 묵계는 깨진 것입니까?"

청년의 음성이 한층 강경해지자 부드러웠던 명인결의 표정도 조금은 굳어졌다.

"네 녀석이 감히 물을 자격이 있다고 생각하느냐?"

노기를 드러낸 명인결의 몸에서 칼 같은 기세가 뿜어져 나왔다.

갑자기 나타나 마치 군웅들을 대표하는 듯한 태도를 보이는 청년의 행동에 대정련의 노고수들의 얼굴에도 노골적인 불쾌감이 드러났다. 단지 그가 당가의 식솔이라는 것과 어찌 된 일인지 당고후가 별다른 말을 하지 않고 청년의 행동에 도리어 당연하다는 표정을 짓고 있기에 잠시 상황을 지켜볼 뿐이었다.

청년은 그런 주변의 분위기에 아랑곳없이 오직 명인결에게 시선을 고정시키고 있었다.

"마지막으로……."

"네놈에겐 물을 자격이 없다고 했을 텐데!"

명인결의 몸에서 뿜어져 나온 기세가 맹렬히 나아가 청년을 휘감았다.

주변에 난데없이 광풍이 몰아닥칠 정도로 강맹한 힘이었으나 청년은 별다른 영향을 받지 않는 듯 태연하기만 했다.

"흥, 제법 나불댈 만한 힘은 지녔다는 것이냐?"

전력을 다한 것은 아니지만 그래도 청년이 너무도 쉽게 자신의 힘을 흘려보내자 그를 보는 시선이 바뀌었다.

"깨진 것으로 알겠습니다."

차갑게 내뱉은 청년이 품을 뒤지며 손바닥 크기의 옥함을 꺼내 들자 당고후가 조금은 당황한 표정으로 그의 손을 잡았다.

"어찌하려는 게냐?"

"묵계는 깨졌습니다. 당한 대로 갚아줘야 하지 않겠습니까?"

간단히 대꾸한 청년이 당고후가 뭐라 대꾸를 하기도 전에 함을 열더니 그 안에서 어린아이 주먹보다 조금 큰 쇠구슬 하나를 꺼내 들었다.
"이게 무엇인지 아시겠습니까?"
물어볼 필요도 없었다.
뭇 군웅들, 영운설은 물론이고 심지어 당가의 식솔들조차 몇몇을 제외하고는 알아보지 못했지만, 그 옛날 청년이 들고 있던 물건에 너무도 처절하게 당했던 암흑마교의 인물들은 그 쇠구슬의 정체를 너무도 잘 알고 있었다.
"……."
청년이 꺼내 든 쇠구슬 앞에선 서슬 퍼렇던 명인결마저도 대꾸를 하지 못했다.
"그, 그걸 사용하겠다는 말이냐?"
명인결을 대신하여 간송이 딱딱히 굳은 눈으로 물었다.
"먼저 마화염폭을 사용한 것은 그쪽입니다. 묵계는 깨진 것으로 압니다만. 아닙니까?"
청년이 코웃음을 치며 되묻자 간송도 대꾸할 말을 잊었다.
그때, 영운설이 나섰다.
"잠시만요."
영운설은 당고후의 전음을 통해 쇠구슬의 정체를 알게 된 후, 언제 그랬냐는 듯 여유가 넘치고 있었다. 갑자기 등장한 마화염폭에 어찌 대응해야 할지 갈피를 잡지 못하고 초조해

했던 그녀의 모습은 순식간에 사라지고 없었다.

"흠, 이미 벌어진 일이기는 하나 그렇다고 함부로 묵계를 깨기에는 쌍방이 지닌 무기가 너무도 무섭군요."

"우리가 두려워한다고 생각하느냐?"

영운설의 여유로운 태도에 발끈한 명인결이 퉁명스레 내뱉었지만 조금 전과는 달리 음성에 힘이 빠져 있었다.

그것을 감지 못할 영운설이 아닌 터, 입가에 묘한 웃음을 머금으며 청년이 들고 있는 쇠구슬을 바라보며 말했다.

"마화염폭이 무서운 무기인 것은 알지만 당가의 독왕뢰가 그에 못하다는 생각은 들지 않는군요."

그제야 청년의 손에 들린 구슬의 정체를 알게 된 군웅들의 얼굴에도 놀람이 일었다.

잠시 전만 해도 수심 가득했던 영운설이 여유를 되찾은 이유를 그제야 알 수 있었다.

독왕뢰가 있다면, 확실하게 보복할 수단이 있는 이상 마화염폭은 더 이상 공포의 대상이 아닌 것이다.

"독왕뢰 따위가……."

영운설이 명인결의 말을 끊으며 다시 물었다.

"설마하니 공멸(共滅)을 원하시는 건가요?"

그럴 리는 없었다.

"……."

마화염폭을 사용하고도 전황의 주도권을 잡지 못하게 된

명인결이 나직이 한숨을 내쉬었다.

싸우자니 패할 것이 분명했고 상대에게 독왕뢰가 있는 이상 마화염폭을 사용한다 해도 영운설의 말대로 공멸을 할 뿐 승리한다고 말할 수가 없었다.

그야말로 진퇴양난의 상황이었다.

명인결이 쉽게 판단을 내리지 못하고 있을 때 영운설이 가만히 입을 열었다.

"이만 끝내는 것이 어떻겠습니까?"

"끝낸다?"

내심 반가운 마음이 들었지만 겉으로 드러나는 명인결의 표정은 시큰둥하기만 했다.

"쌍방간에 피해는 볼 만큼 보지 않았습니까? 더 이상 싸움을 계속해 봐야 아무런 의미도 없는 것으로 보입니다만."

영운설의 말에 오히려 유운개가 발끈하며 소리쳤다.

"무슨 소린가? 저놈들에게 흘린 피가 얼마인데 그대로 보낸단 말인가?"

유운개의 말에 몇몇이 동의를 하며 언성을 높였다.

그들의 말을 무시하기가 힘들었던 영운설이 잠시 곤란한 표정을 짓자 독왕뢰로써 불리한 전황을 단숨에 뒤집은 청년이 그녀를 두둔하고 나섰다.

"이쯤 하는 것도 좋을 것 같습니다만. 구석에 몰린 쥐는 고양이를 무는 법입니다. 마화염폭도 있고……."

'저놈이 감히!'

자신들을 쥐 따위와 비교하는 것이 못내 불쾌했지만 승산 없는 싸움을 끝내는 것이 우선이었던 명인결은 애써 화를 억눌렀다.

"마화염폭이라면 우리에게도 독왕뢰가 있지 않은가?"

유운개가 거세게 반발을 하자 청년이 인상을 찌푸리며 말했다.

"착각을 하고 계시는군요. 마화염폭과 독왕뢰가 어째서 무림의 삼대금기화기인지 상기시켜 드려야 합니까? 군사님의 말대로 공멸을 할 수가 있습니다."

청년의 말에 유운개는 반박할 말을 잃었다. 그러나 어린 후배와 말싸움에 밀린 것이 영 못마땅한지 당고후를 향해 퉁명스레 물었다.

"꽤나 당찬 후배구려."

다소 조롱 섞인 음성이었지만 당고후의 얼굴엔 변화가 없었다.

"대체 당가의 뜻은 무엇이오?"

"그 아이의 뜻이 당가의 뜻이오."

당고후가 당연하다는 듯 대꾸하자 유운개의 얼굴이 살짝 일그러졌다.

"허! 언제부터 당가가 이리 변했는지 모르겠구려. 이런 애송이가 당가를 대표한다니 말이오."

순간, 당고후의 표정이 확 변했다.

"지금… 당가를 모욕하려는 게요?"

당가를 모욕한다는 것. 그것이 어떤 의미인지 모르는 무림인은 아무도 없었다.

말을 내뱉는 순간, 이미 후회를 하고 있던 유운개가 민망한 표정으로 주춤거리자 영운설이 황급히 진화를 하고 나섰다.

"선배님께서 이해를 해주시지요. 당가의 소가주께서 워낙 두문불출하신지라… 예전에 소군산이었던가요? 그때 한 번 뵌 적은 있어도 선배님께서 언질을 주지 않으셨으면 소녀 또한 몰랐을 겁니다."

"음."

영운설이 적극적으로 개입을 하고 나서자 당고후 또한 더 이상 화를 낼 수가 없었다.

그녀의 말이 틀리지 않은데다 무엇보다 적을 눈앞에 두고 아군끼리 분란을 일으킬 필요가 없었기 때문이었다.

난처한 표정을 짓던 유운개가 당가의 후계자 운운하는 소리에 깜짝 놀라 청년을 바라보았다.

"당가의 후계자라면… 설마하니 자네가 사천은현(四川隱賢) 당초성이란 말인가?"

"하하! 은현이라니, 당치도 않습니다만 제 이름이 당초성인 것은 맞습니다."

청년이 약간은 멋쩍은 표정으로 고개를 숙였다.

"허!"

유운개의 입에서 짧은 탄성이 터져 나왔다.

팔룡전설의 처음 시작을 세상에 알린 당가의 후계자.

어찌 된 연유인지 좀처럼 바깥출입을 하지 않아 그에 대해 제대로 아는 사람이 없었지만 문곡성의 정기를 받고 태어난 인물이라는 이유 하나만으로 추앙받는 인물.

그가 바로 당초성이었다.

"허허, 늙은 거지가 인물을 알아보지 못했군."

유운개가 쓴웃음을 지으며 물러나는 것을 끝으로 영운설과 당초성의 말에 토를 다는 사람은 없었다. 물론 노골적으로 불만을 토로하는 자들도 있었으나 수라검문의 암묵적 동조와 대정련의 군사 자격으로 싸움을 끝내자는 영운설과 마화염폭을 억제할 수 있는 유일한 수단을 지닌 당초성의 말을 뒤집기는 애당초 불가능한 것이었다.

어느 정도 의견 조율이 끝났다고 생각한 영운설이 명인결에게 다시 말했다.

"아직 대답을 하지 않으셨습니다."

"뭘 말이냐?"

같잖다는 표정으로 그들의 대화를 지켜보던 명인결이 무표정하게 되물었다.

"이쯤에서 싸움을 끝냈으면 합니다."

"거절한다면?"

"거절하실 수 있겠습니까? 이미 힘의 차이는 난 것으로 보입니다만."

"살아남은 인원을 보고 말을 하여라."

"숫자만 많다고 유리한 것은 아니지요."

영운설은 자신만만했다.

명인결의 말대로 단순히 숫자로만 따지자면야 상대의 수가 두 배도 넘었지만 아군엔 대신 일당백이라 말할 수 있는 고수들이 압도적으로 많았기 때문이었다.

그래도 명인결은 인정하기 싫은 듯했다.

"그렇게 자신있으면 끝까지 해보지 그러느냐?"

"공멸을 원하지 않으니까요."

"마화염폭만 없다면 이길 수 있다고 생각하는구나?"

"확실히요. 아닌가요?"

"건방진."

명인결이 날카로운 눈으로 영운설을 쏘아보았다.

영운설도 피하지 않고 착 가라앉은 눈빛으로 마주 쏘아봤다.

대치가 잠시 이어지는가 싶더니 결국 명인결이 코웃음을 치며 고개를 흔들었다.

"제법이야. 아주 제법이야."

영운설은 고개를 살짝 숙이는 것으로 대답을 대신했다.

"오늘은 이만 하도록 하지."

오만하게 주변을 둘러보던 명인결이 몸을 빙글 돌리자 구중천, 아니, 이제는 세상천하에 당당히 모습을 드러낸 암흑마교의 정예들이 일사불란하게 그의 뒤를 따랐다.

행여나 다른 행동을 보일까 바짝 긴장을 하며 살피던 군웅들은 그들의 모습이 사라지자 비로소 안도의 한숨을 내쉬었다. 긴장이 풀린 탓인지 그 자리에 주저앉는 모습을 보이기도 했다.

"후~ 도대체 이게 무슨 꼴인지."

유운개가 멍한 눈으로 전장을 둘러보았다.

수많은 동료, 사형제들의 목숨을 담보로 겨우 목숨을 연명한 이들. 살아 있기는 해도 살아 있는 모습들이 아니었다.

"앞으로가 큰일입니다."

"그러게요. 설마하니 구중천의 실체가 암흑마교라니… 피바람을 피할 수가 없을 듯싶습니다."

"이렇게 상심만 할 것이 아니라 어서 돌아가 대책을 세워야 할 것입니다."

"그래야지요. 비록 이번엔 놈들의 간계에 속아 어이없이 당했지만 다음에도 이런 일이 있어선 안 될 것입니다."

바로 그때였다.

"돌아갈 때 돌아가더라도 한 가지 일만은 확실히 마무리를 해야 된다고 봅니다."

모든 이들의 시선이 돌아갔다. 운강 진인이었다.

"시신들을 수습하는 일 말입니까? 그건 본 방의 제자들에게 연락을 취해서……."

유운개의 말에 운강 진인이 고개를 흔들었다.

"아니외다. 그 일보다 더욱 급한 일이 있습니다."

"그게 무엇입니까?"

"간세를 잡는 일이지요. 그것도 비겁하고 잔인하기 그지없는 간세."

"예? 그… 게 무슨 말인……."

유운개의 질문이 끝나기도 전에 운강 진인의 차가운 시선이 한 사내에게 돌아갔다.

"네놈은 어찌 생각하느냐?"

치열한 싸움을 겪은 듯 넝마로 변해 버린 옷을 입고 당장이라도 지쳐 쓰러질 것 같은 표정을 짓고 있던 사내는 운강 진인의 매서운 눈매에 당황을 금치 못했다.

"예? 그, 그게 무슨 말씀이신지?"

"시치미를 뗄 생각이더냐?"

운강 진인의 음성은 싸늘하다 못해 그야말로 얼음장 같았다.

"저, 저는 영문을……."

사내가 거의 울 듯한 표정으로 운강 진인을, 좌중을 둘러보았다.

"구차하다. 그런 태도가 네게 어울린다고 생각하느냐?

묵혈!"

"……."

사내의 안색이 딱딱하게 굳었다.

운강 진인의 한마디는 좌중을 경악에 빠뜨리기에 충분했다.

묵혈.

활동한 시기도 짧았고 정체조차 드러나지 않은, 그 별호조차 최근에 알려진 것이었지만 정파무림에 있어 묵혈이란 이름은 그야말로 악몽 그 자체라 할 수 있었다.

얼마 전 목숨을 잃은 화산파의 장로 유원창을 비롯하여 그의 손에 허무하게 쓰러진 정파 명숙의 숫자만 벌써 열댓 명에 이르렀고 무엇보다 군웅들을 공포에 떨게 한 것은 그의 무공이 흔적없이 죽음을 선사하는 한빙음살마혼장이라는 데 있었다.

"진정 묵혈이란 말씀입니까?"

양도선이 부릅뜬 눈으로 물었다.

사숙 유원창과 화산에서 그 누구보다 친하게 지냈던 사제 민도정의 죽음을 전해 듣고 얼마나 큰 실의에 빠졌던가. 한데 운강 진인은 바로 그 흉수가 눈앞에 있다고 말하는 것이었다.

"놈에게 물어보게나."

운강 진인이 고개도 돌리지 않고 대꾸했다.

"사실이냐? 네놈이 정녕 묵혈이 맞더냐?"

사람들에게 전해지는 양도선의 분노는 폐부를 서늘하게 할 정도로 살벌했다.

"대, 대체 무슨 말씀을 하시는지 모르겠습니다."

묵혈로 지목된 사내는 어느새 딱딱하게 굳었던 표정을 풀고는 떨리는 음성으로 자신의 억울함을 항변하고 있었다. 하나, 너무나도 확신에 찬 운강 진인의 태도로 인해 좌중은 그저 사태 추이를 지켜볼 뿐 누구도 함부로 나서지 못했다.

'어쩌다가.'

조금 뒤에 떨어진 곳에서 사내를 보고 있던 도극성의 안색은 실로 어두웠다.

도극성은 이미 그의 정체를 파악하고 있었다.

역용을 했는지 얼굴도 다르고 체구, 음성도 달랐지만 느낌이라는 것은 때론 그 어떤 것보다 정확할 때가 있었다. 특히 감추고 있어도 은연중 흘러나오는 사내의 기운은 너무도 특이한 것. 모르려야 모를 수가 없었다.

'곽월 이 멍청한 놈! 대체 여기서 뭐 하는 거야?'

도극성은 점점 수세에 몰리는 사내, 곽월의 모습을 보며 안타까움을 감추지 못했다. 그렇다고 그를 도와줄 방법도 없었다. 그저 마음 졸이며 지켜보는 것이 전부였다.

"이놈! 사실이냐고 물었다!"

양도선이 무시무시한 기운을 끌어올리며 곽월을 압박했다.

곽월은 그 힘을 감당하지 못하겠다는 듯 고통스런 표정을 지으며 뒷걸음질쳤다.

뭇 군웅들을 공포에 떨게 했던 묵혈이라고 하기엔 너무도 비루한 모습에 사람들이 의혹의 표정을 지었다. 그러나 착 가라앉은 곽월의 눈은 이 위기를 벗어나기 위해 영활히 움직이고 있었다.

그 눈빛을 파악한 운강 진인이 코웃음을 치며 소리쳤다.

"도망칠 수 있을 것 같으냐!"

벼락같이 내뻗는 손.

그의 손에서 뿜어져 나온 기운이 곽월의 가슴을 후려쳤다.

곽월은 감히 막을 엄두를 내지 못했다.

최소한 사람들이 보기엔 그랬다.

가슴을 강타하는 장력, 무방비 상태로 얻어맞은 곽월이 한줄기 핏물을 뿜어내며 날아갔다.

군웅들의 눈에 무참히 내동댕이쳐질 곽월의 모습이 그려졌다.

하나 단 한 사람, 공격을 했던 운강 진인의 생각은 달랐다.

상대는 그 이름도 무시무시한 묵혈이었다. 아니라고 부인을 하고는 있지만 그는 절대적으로 확신하고 있었다. 해서 한 치의 빈틈도 주지 않기 위해 처음부터 최선을 다했다. 그런데 손에 전해오는 느낌이 영 이상했다. 분명 묵직한 타격감은 왔으나 그 이후엔 마치 사막의 신기루를 후려친 것처럼 허전한 느낌이 밀려드는 것이 아닌가.

'설마?'

퍼뜩 느껴지는 것이 있었다.

힘없이 날아가던 곽월이 갑자기 공중제비를 돌며 착지하는 것과 동시에 누군가에게 맹렬히 다가갔다.

목표를 확인한 운강 진인은 이를 바득 갈았다.

"이놈!"

운강 진인이 가히 빛살과도 같은 움직임으로 곽월을 쫓았다.

그가 움직였을 땐 상황은 끝나 있었다.

"움직이지 않는 것이 좋을 것 같소만."

방금 전, 운강 진인과 양도선의 호통에 어쩔 줄 몰라 하며 불안에 떨던 곽월의 모습은 이미 사라지고 없었다.

인질, 그 누구보다 확실하게 자신의 안전을 지켜줄 대정련의 군사 영운설의 목줄기를 틀어쥔 곽월은 비릿한 미소를 지으며 좌중을 쓸어 보았다.

운강 진인은 턱밑까지 내려온 수염을 부르르 떨 뿐 아무런 움직임도 보여주지 못했고 아직까지 상황 파악을 제대로 하지 못하고 있던 군웅들 역시 갑작스레 돌변한 상황에 입을 쩍 벌릴 뿐이었다.

"너무 그러지들 마시구려. 나도 이러고 싶은 마음은 없었……."

느긋하게 말을 잇던 곽월이 한순간에 입을 다물었다.
 그의 눈과 도극성의 눈이 마주친 것이었다.
 '왜?'
 곽월의 눈에 의아함이 깃들었다. 그를 바라보고 있는 도극성의 눈에서 강한 질책을 느꼈기 때문이었다.
 그것은 단지 인질을 잡았다는 것에 대한 질책이 아니었다.
 번개처럼 뇌리를 스치는 것이 있었다.

 "내 직감이 맞다면 어쩌면 나와 너보다 더 강할 수 있는 여인이다. 그러니까 조심해. 함부로 덤비지 말고."

 '망할!'
 곽월은 침을 꿀꺽 삼키며 자신이 제압하고 있는 여인을 살폈다.
 바로 그 순간, 복부에 극심한 통증이 밀려들었다.
 "컥!"
 정신이 아득할 정도의 고통.
 입을 있는 대로 벌리고 허리를 꺾으며 그대로 고꾸라지는 곽월이 마지막으로 본 것은 자신의 복부를 강타하고 슬며시 자리로 돌아가는 영운설의 팔꿈치였다.
 기세등등하던 곽월이 어째서 그렇게 허무하게 쓰러진 것인지 이해를 하지 못한 군웅들이 웅성거릴 때 황급히 다가온

암흑마교(暗黑魔教)

운강 진인이 영운설의 안위를 물었다.

"괜찮은가, 군사?"

"예."

"미안하네. 놈이 얼마나 위험한 놈인지 잘 알면서도 잠시 방심을 하고 말았네."

"괜찮습니다."

영운설이 개의치 말라는 미소를 보냈다.

옆에 있던 유운개가 너털웃음을 터뜨렸다.

"허허, 이제 보니 군사께서 무공을 지니고 계셨구려. 군사가 사로잡혔는데도 태연하기만 했던 양 대협의 모습을 봤을 때 알아차렸어야 했는데 말이야."

아닌 게 아니라 곽월이 영운설의 목을 움켜잡았을 때 기겁을 했던 운강 진인과는 달리 양도선은 별다른 행동을 취하지 않았다. 어쩌면 가장 놀라고 당황해야 했을 그가 말이다.

"운이 좋았어요. 이자가 방심을 하지 않았다면 이리 쉽게 잡을 수는 없었을 거예요."

"그렇긴 하지. 누가 뭐래도 묵혈이니까. 한데 진인께선 이놈이 묵혈인지 어찌 아셨습니까?"

"암흑마교 놈들이 떠나면서 전음을 보내왔소이다."

"예? 그게 무슨 말이오?"

유운개가 눈을 동그랗게 뜨고 물었다. 영운설도 의외라는 듯 쓰러진 곽월을 다시 한 번 돌아보았다.

"솔직히 처음엔 믿을 수가 없었소. 그래도 혹시나 해서 일부러 엄하게 추궁을 해본 것인데……."

운강 진인도 이런 결과는 미처 예측하지 못한 표정이었다.

"팽을 당한 것이로군요."

"이런 실력자를 버리다니, 이해하기 힘들군."

"실력의 좋고 나쁨을 떠나 알력이라는 것은 어디든 있는 법이지요. 보물은 없었지만 그래도 무림의 공적을 잡았으니 어쨌건 성과는 있었던 것인가? 뭐, 이따위가 성과라면 백번이라도 사양하고 싶지만 말이야."

유운개가 죽은 듯 누워 있는 곽월을 가리키며 쓰디쓴 미소를 보였다. 그리곤 곧 뒤를 돌아보며 소리쳤다.

"뭐 하고 있느냐? 어서 포박하지 않고!"

유운개의 명령에 몇몇 이들이 여전히 의식을 잃고 있는 곽월에게 다가갔다.

부상으로 인해 역용이 풀린 것인지 쓰러진 곽월은 처음 영운설을 인질로 잡았을 때와는 달리 예전의 비대한 모습으로 돌아가 있었다.

第四十章
무당(武當)으로

'후~ 어쩐다.'

도극성은 고민에 빠졌다.

곽월이 그간 무슨 짓을 했는지 어렴풋이나마 알고 있기에 함부로 움직일 수가 없었지만 그렇다고 무작정 외면할 수도 없었다.

결국 한숨을 내쉰 도극성이 곽월 앞에 섰다.

좌중의 시선이 일제히 그에게 쏠렸다.

의혹이 가득한 시선들.

의혹은 곧 분노가 되었다.

"무슨 짓이냐?"

유운개가 당장이라도 후려칠 기세로 달려왔다.

도극성은 별다른 말 없이 곽월의 상세를 살폈다.

영운설이 어찌 손을 쓴 것인지는 알 수 없었으나 멀쩡한 겉모습과는 달리 오장육부가 살짝 뒤틀리고 기혈의 흐름이 마구 뒤엉킨 것이 생각보다 부상이 심했다.

"실로 안하무인이 아닌가!"

운강 진인 또한 노한 얼굴로 유운개의 곁에 섰다.

암흑마교와의 싸움은 이미 끝난 터. 눈앞의 상황이 해결되자 도극성과의 묵은 악연이 떠오른 것이었다.

악화되는 상황을 미리 차단할 필요가 있다고 여긴 영운설이 당장에라도 손을 쓸 듯한 자세를 취하는 유운개와 운강 진인을 말리며 나섰다.

"이해할 수 없는 행동을 하시는군요."

"후~ 손속이 꽤나 맵구려."

곽월의 심각한 부상에 도극성의 안색은 무척이나 어두웠다.

"그게 인질이 될 뻔한 사람에게 할 말은 아니지요. 그것보다 설명을 해주셔야 하지 않을까요? 혹 아는 사람인가요?"

"……."

"그것이 아니라면 물러나세요. 괜한 오해를 살 수 있어요."

"부상이 심하오."

"자업자득이지요."

영운설의 입꼬리가 살짝 올라갔다.

"시간을 좀 주시겠소?"

심각한 어조로 말을 건넨 도극성은 그녀의 대답을 기다리지도 않고 곽월의 부상을 살피기 시작했다. 등을 돌린, 완벽하게 무방비 상태였다.

사람들은 그의 대담함에 혀를 내두르면서도 영운설이 아무런 움직임을 보이지 않자 별다른 말을 하지 않았다. 어쩌면 암흑마교의 함정에서 그나마 무사히 빠져나온 것이 도극성 때문이라는 것을 알기에 다소 양보를 하는 것인지도 몰랐다.

잠시 후, 곽월의 뒤틀린 오장육부를 제자리로 돌리고 마구 엉킨 기혈을 간신히 바로잡은 도극성이 길게 숨을 내뱉었다. 급한 대로 응급치료를 하기는 했으나 최소한 보름 이상은 정양을 해야 할 정도로 심각한 상황이었다.

"너……"

"괜찮냐?"

도극성의 물음에 겨우 정신을 차린 곽월이 힘겹게 고개를 끄덕였다.

"그러게 내 조심하라고 했지?"

곽월은 대답 대신 쓴웃음을 지었다.

"언제까지 기다려야 하지요? 아직도 부족한가요?"

영운설의 음성에 조금은 가시가 돋아나 있었다.

"충분하오."
"그럼 그자를 넘겨주세요."
"……."

도극성이 아무런 말이 없자 영운설의 체면을 생각해 그렇 잖아도 부글부글 끓는 속을 억지로 진정시키고 있던 유운개가 더 이상은 참지 못하고 소리를 질렀다.

"네놈이 진정 우리를 우롱하자는 것이냐? 아니면 그깟 알량한 공을 세웠다고 눈에 뵈는 것이 없는 것이냐?"

애당초 유운개와는 대화 자체가 안 된다는 것을 알고 있던 도극성은 오직 영운설의 얼굴만을 직시하다가 가만히 입을 열었다.

"그냥 놔… 주면 안 되겠소?"
"가능하리라 생각하시나요?"
"힘들 것이라 생각하오."

영운설은 일말의 망설임도 없이 고개를 흔들었다.

"당연히! 있을 수 없는 일이에요. 공자께선 그자가 우리에게 무슨 짓을 했는지 알고나 있는지요?"

영운설의 얼굴엔 노기마저 일었다.

"대충은 알고 있소. 하지만……."
"대충이라고요? 남의 일이라고 너무 함부로 말을 하는군요. 얼마 전만 해도 본 문의 사숙조님과 사숙께서 저자에게 목숨을 잃으셨어요."

"그건……."

도극성이 뭐라 변명을 하려 하자 영운설이 냉정하게 말을 끊었다.

"게다가! 저자는 구중… 암흑마교의 인물이에요. 공자께선 무석의 일을 잊으신 모양이군요."

좀처럼 여유를 잃지 않던 영운설이 입술을 파르르 떨 정도로 흥분을 했다.

그녀는 본가인 무석영가와 도극성의 가족이 암흑마교의 음모로 인해 멸문을 당했음을 상기시키며 강하게 질책했다.

"……."

도극성은 그녀의 말에 입을 다물 수밖에 없었다.

"그만 해라. 됐어."

곽월이 힘없이 웃으며 도극성의 소맷자락을 잡았다.

"내가 한 일. 책임도 내가 져야지."

곽월이 제대로 정신을 차렸음을 확인한 유운개가 코웃음을 치며 고개를 끄덕였다.

"암, 일을 저질렀으면 책임을 져야지. 제대로. 뭣들 하느냐? 당장 저놈을 묶지 않고."

유운개의 명이 떨어지기가 무섭게 곽월을 향해 다시 접근하는 이들. 하나, 그들은 가만히 쳐다보는 도극성의 시선에 몇 걸음 다가서지도 못하고 또다시 멈추고 말았다.

"정말 해보겠다는 것이냐?"

유운개의 음성엔 살기마저 깃들었다.

"이 녀석……."

도극성의 시선이 곽월에게 향했다.

곽월이 흔들리는 눈으로 도극성을 바라보는 순간, 도극성이 조용히 내뱉었다.

"내 친구요."

그것이 어떤 의미인지 너무도 잘 알고 있던 곽월이 피가 배어 나오도록 입술을 꽉 깨물며 두 눈을 질끈 감아버렸다.

도극성의 행동에서 어느 정도 예상은 되었지만 막상 둘의 관계가 드러나자 영운설을 비롯한 좌중의 안색이 딱딱하게 굳었다.

"과연! 하면 네놈 역시 암흑마교와 관계가 있단 말이로구나."

유운개가 먹이를 발견한 승냥이처럼 눈빛을 빛내며 소리쳤다.

"마음대로 생각하시오. 하지만 한 가지 알아두셔야 할 것이 있소이다. 우리가 목숨을 부지할 수 있었던 것은 모두 이 녀석 덕분이라는 것을 말이오."

"무슨 헛소리를 하려는 게냐?"

"들어 무엇 하겠소."

운강 진인과 유운개가 주거니 받거니 하며 자신의 말을 무시하려 하자 도극성이 착 가라앉은 눈으로 영운설을 바라보았다.

"오늘의 음모. 그 누가 알고 있었습니까? 의심한 사람이 있을 수는 있었겠지요. 하나, 그마저도 보물에 눈이 어두워 제대로 살필 수 없었을 겁니다. 만약 이 녀석이 모든 정황을 알려주지 않았다면 암흑마교에서 파놓은 함정에서 결코 헤어나오지 못했다는 말입니다. 아울러."

도극성이 군웅들을 천천히 살피다 말을 이었다.

"지금처럼 살아 숨 쉬는 것은 물론이고 왈가왈부할 수도 없었겠지요."

마지막 말을 할 때 도극성의 눈은 운강 진인과 유운개를 의식적으로 노려보고 있었다.

몇 번을 겪어봤어도 그들의 고지식함은 정말 답이 없었다.

심지어 대체 자신이 왜 그 고생을 하며 군웅들을 구해냈는지 회의감마저 들 정도였다.

그러거나 말거나 서로 눈빛을 교환한 운강 진인과 유운개의 손짓에 의해 도극성과 곽월을 중심으로 어느새 포위망이 형성되었다.

대정련과 도극성의 대치.

대다수의 군웅들과 그들과 상관이 없었던 수라검문의 사람들이 흥미로운 표정으로 상황을 지켜보고 있었다. 물론 소벽하만큼은 예외였다.

그녀가 무슨 말을 꺼내려 하자 강호포가 그녀의 손을 잡으며 고개를 흔들었다.
"우리가 끼어들 일은 아닌 것 같구나."
"하지만……."
"자칫 큰 싸움으로 번질 수가 있다. 일단은 지켜보자꾸나. 녀석도 아무런 대책도 없이 무작정 끼어든 것은 아닌 것 같으니."
 강호포의 말에 소벽하는 의문을 가진 눈으로 고개를 돌렸다.
 숨 막힐 듯 팽팽한 분위기는 점점 극을 향해 치닫고 있었다.
 대화로써 지금의 상황을 타개할 수 없다고 판단한 도극성이 자신들을 향해 점점 좁혀오는 포위망을 보며 한숨을 내쉬었다.
 '이러고 싶지는 않았는데… 죄송합니다, 어르신.'
 품에서 나온 도극성의 손에는 조그만 책자 하나가 들려 있었다.
"이게 무엇인지 압니까?"
"그따위 것! 내 알 바……."
 코웃음을 치려던 유운개가 황급히 말을 끊고 도극성이 들고 있는 책자에 시선을 고정시켰다.
"생각난 모양이군요."
 도극성이 피식 웃으며 말했다.

"없다더니만… 역시 공자 손에 있었군요."

영운설이 약간은 노기 어린 시선으로 도극성과 그가 들고 있는 명부를 응시했다.

"이런 상황이 아니었다면 이걸 노출시키는 일은 없었을 겁니다."

도극성이 쓴웃음을 지었다.

"이런 상황이라… 하면 그 명부를 가지고 저희와 협상을 하겠다는 말씀인가요?"

"협상이라면 협상일 수 있겠지요."

"이놈! 그 물건이 어떤 것인데 감히 협상 운운한다는 말이냐? 그것은 독비신개께서 목숨을 걸고 취하신 물건이다! 애당초 네놈의 물건이 아니다!"

유운개의 분노 어린 외침에 그에게로 고개를 돌리는 도극성의 입꼬리가 살짝 말아 올라갔다.

"독비신개께서 제게 맡기신 순간부터 제것이 되었습니다."

"맡기셨다? 닥쳐라. 네놈 따위에게 맡기셨을 리가 없다. 역시 독비신개께선 네놈의 손에 당하신 것이었어."

유운개의 눈에서 활화산 같은 살기가 뿜어져 나왔다.

"마음대로 생각하시오. 하지만 기억하시구려. 지금 이것이 나의 손에 들려 있다는 것을."

도극성이 손에 들린 명부를 당장에라도 가루로 만들어 버릴 것같이 기세를 일으키자 거의 이성을 잃을 정도로 화를 냈던 유운개도 멈칫하지 않을 수가 없었다. 무엇보다 영운설의 날카로운 외침이 그의 정신을 확 일깨웠다.
"당장 물러나세요."
유운개를 뒤로 물린 영운설이 차가운 음성으로 물었다.
"그 협상 받아들이지요. 무엇을 원하시나요?"
평소엔 보지 못하던 태도와 말투였다.
도극성이 씁쓸함을 이기지 못하고 힘들게 서 있는 곽월을 가리켰다.
"녀석을 풀어주시오."
"그러지요."
대답은 참으로 간단명료했다.
"군사!"
영운설이 도극성의 요구를 그렇게 순순히 받아들일 줄은 꿈에도 몰랐던 이들이 깜짝 놀라는 표정을 지으며 만류하려 했으나 영운설의 태도는 확고했다.
"당장 포위망을 물리세요."
"하지만… 뭐라 말 좀 해보게."
운강 진인이 무광을 향해 도움을 청했으나 무광은 오히려 영운설의 편을 들었다.
"지금은 그 무엇보다 명부를 얻는 것이 중요할 것 같습니다."

무광까지 거들고 나서자 운강은 더 이상 반대할 명분을 찾지 못했다. 마지막 희망으로 당초성을 바라보았으나 그 역시 어깨를 들썩일 뿐 별다른 말은 하지 않았다. 표정을 보니 오히려 다행이라 여기는 듯했다.
　한숨을 푹 내쉰 운강 진인이 아예 고개를 돌려 버리자 그제야 모든 것이 자신의 의도대로 되었다고 여긴 도극성이 힘겹게 서 있는 곽월에게 물었다.
　"어때? 움직일 수 있겠어?"
　"그런대로."
　"그럼 가라."
　"괜찮겠냐?"
　곽월이 걱정 어린 얼굴로 묻자 도극성이 피식 웃음을 터뜨리며 그의 귀에 조용히 속삭였다.
　"괜찮아. 이거 꽤나 중요한 물건이거든."
　도극성이 들고 있는 명부가 어떤 것인지는 곽월도 알고 있었다. 그것이 지닌 가치 또한 잘 알고 있었다. 하나, 도극성이 자신 때문에 소위 정파무림과 척을 두게 되었다는 것이 영 마음에 걸렸다.
　"미안하다."
　"미안하긴. 일이야 어찌 되었든 네가 아니었으면 어차피 다 죽을 사람들이었다."
　도극성은 마치 모두 들으라는 듯 큰소리로 말했다. 그리곤 멈칫거리고 있는 곽월의 등을 떠밀었다.

"빨리 가."

"……."

곽월은 잠시 흔들리는 눈빛으로 도극성을 바라보다 힘겹게 몸을 움직였다.

그렇게 걸음을 옮기길 얼마, 갑자기 몸을 돌려 조용히 말했다.

"가자."

그러자 유운개의 바로 뒤에서, 그리고 운강 진인의 바로 뒤에서 은밀한 움직임이 있었다.

기절할 듯 놀라는 유운개와 운강 진인에게 짧은 비웃음을 보낸 이들은 초혼살루의 십대살수이자 곽월의 그림자와도 같은 몽암과 풍인이었다.

좌우에서 곽월을 부축한 몽암과 풍인은 떠나기 전 도극성에게 간단히 목례를 하여 감사를 표했다.

주변의 시선을 의식해서인지 도극성은 그들과 굳이 마주 인사를 하지 않았다. 그저 따뜻한 눈으로 자신을 바라보는 곽월과 시선을 주고받을 뿐이었다.

'고맙다.'

'몸조리 잘해라. 조만간 다시 보자.'

허공에서 얽힌 인사를 뒤로하고 몽암과 풍인의 도움을 받은 곽월은 순식간에 모습을 감췄다.

묘한 침묵이 좌중을 휘감았다.

꽤나 충격을 받은 모습들이었다.

잠시나마 저승문에 발을 들여놓았던 유운개와 운강 진인은 식은땀까지 흘릴 정도였다.

"크크크, 등잔 밑이 어둡다고 했던가? 저 녀석이 협상 운운하며 묵혈인가 하는 놈들 보내주지 않았으면 그대로 황천길로 직행할 뻔했는데 말이야. 운이 좋군."

화검종이 노골적으로 약을 올렸으나 수치심에 사로잡힌 유운개와 운강 진인은 아무런 말도 하지 못했다.

"어쨌건, 친구분을 무사히 보내 드렸으니 이제는 도 공자께서 약속을 지키실 차례예요."

영운설이 애써 화제를 돌리며 명부를 요구했다.

"약속은 지킬 것입니다. 제가 해야 할 일이지요. 하나, 지금 당장 명부를 드릴 수는 없습니다."

"무슨 뜻이지요? 설마 약속을 어기겠다는 말씀인가요?"

영운설의 고운 아미가 살짝 찌푸려졌다.

"그럴 리가 있겠습니까?"

도극성이 고개를 흔들었다.

"다들 아시겠지만 이 명부는 독비신개 어르신께서 목숨을 걸고 빼오신 겁니다."

"흥, 언젠 제 것이라 운운하더니만."

유운개가 가소롭다는 듯 소리쳤다.

도극성이 무시하며 말을 이었다.

"어르신께서 제게 이 명부를 건네시며 당부한 말이 있습니다."

도극성이 잠시 말을 끊고 좌중을 돌아보았다. 그의 입에서 어떤 말이 흘러나올지 잔뜩 긴장한 모습이었다.

"아무도 믿지 말라고 하셨습니다."

도극성의 시선이 영운설에게 향했다.

"소저는 물론이고 당시 그분을 구원하러 온 모든 이들을 믿지 말라고 하셨지요."

도극성의 눈길이 유운개에게 돌려졌다.

"심지어는 개방까지 믿지 말라고 하셨습니다."

"뭐라!"

유운개가 발끈하여 소리치려 했으나 도극성의 말이 더 빨랐다.

"오직 불성과 도성, 그리고 검존 순우관 어르신만이 명부를 보실 수 있다고 하셨습니다. 그 세 분을 제외하고는 그 누구에게도 보여선 안 된다고 하셨습니다. 아니, 명부의 존재 자체도 알리지 말라고 하셨지요. 아시겠습니까? 그만큼 심각하단 말입니다."

모든 이들의 얼굴이 경악으로 물들었다.

특히 개방의 방주였던 독비신개가 개방을 믿지 말라고 했다는 말에는 다들 할 말을 잃고 말았다.

"하면 어쩌자는 말이더냐?"

유운개가 짜증나는 음성으로 물었다.

도극성이 운강 진인을 힐끗 바라보며 대답했다.

"무당산으로 갈 것입니다."

"무당산?"

"예. 명부는 도성 어르신께 전해질 것입니다. 어차피 불성께서 계신 소림사와 거리도 비슷하고 무엇보다 무당과는 해결해야 할 일도 있으니까요."

그것이 황산에서 목숨을 잃은 운창 진인의 일임을 모르는 사람은 없었다.

"이 명부가 제 누명을 벗겨줄 것입니다."

"그렇게 자신있다면 굳이 그곳까지 갈 필요가 있겠느냐? 당장 명부를 보여 네 말을 증명해 보거라."

유운개의 말에 도극성이 답답한 듯 한숨을 내쉬었다.

"그랬으면 얼마나 좋겠습니까? 이 명부엔 아무런 이름도 거론되어 있지 않습니다."

영운설이 재빨리 물었다.

"그게 무슨 말씀인가요?"

"말 그대로입니다. 잠깐 살펴본 바에 의하면 명부엔 별 의미 없는 글귀들만이 잔뜩 적혀 있었습니다."

"은밀히 숨겼단 말이로군요."

"그런 것 같습니다. 해서 소저께서 무당까지 함께 동행해

주셨으면 합니다. 아무래도 이런 일에는……."

도극성이 말끝을 흐리자 영운설이 살짝 미소를 지으며 고개를 끄덕였다.

"당연히 그럴 생각이었습니다."

영운설의 말이 끝나기가 무섭게 소벽하가 나섰다.

"우리도 갈 것입니다."

순간, 운강 진인이 버럭 화를 냈다.

"그곳이 감히 어디라고 온다는 것이냐?"

"감히라니요? 말을 너무 함부로 하시는군요."

소벽하가 안색을 굳히자 영운설이 재빨리 중재를 했다.

"같이 가는 것이 좋겠습니다."

"하지만 군사, 무당에 어찌 수라검문의 사람이……."

운강 진인이 노골적으로 불쾌한 감정을 드러내자 영운설이 한숨을 내쉬며 차분히 입을 열었다.

"오래전에 사라졌던 암흑마교가 등장했습니다. 우리… 무림은 이미 막대한 타격을 입었지요. 도 공자의 말씀대로라면, 아니, 독비신개께서 전하신 바에 의하면 곳곳에 그들의 간세가 숨어 있다고 했습니다. 그리고 이 명부는 적의 간세를 알아낼 수 있는 유일한 것이지요. 결코 우리만의 문제가 아닙니다."

운강 진인이 침묵을 지키자 영운설이 말을 이어갔다.

"이번 일로 저들은 여전히 무림제패를 노리고 있다는 것이 확실해졌고 또한 그만한 힘을 지니고 있음을 간접적으로나마 보여줬습니다. 결단코 대정련이나 수라검문, 사도천 단독으론 저들을 막지 못합니다."

영운설의 단언에 딱히 이의를 제기하는 사람은 없었다.

과거 암흑마교의 전설은 그만큼 무서웠고 비록 잠깐이기는 했어도 그들이 겪었던 당대의 암흑마교의 힘 또한 전율스럽도록 강했기 때문이었다.

자부심으로 똘똘 뭉친 몇몇 인사들은 콧방귀를 뀌며 애써 그녀의 말을 무시하려 했으나 그렇다고 직접적으로 반박을 하지는 못했다.

"연합을 하자는 것이냐?"

강호포가 물었다.

"소녀는 그런 중대사를 결정할 위치에 있지 못합니다. 하나, 결국 그런 방향으로 움직여야 하지 않겠습니까?"

"흠."

강호포가 이마를 찌푸리며 생각에 잠겼다.

대정련과 수라검문은 그야말로 물과 불의 관계였다. 연합이라는 것이 말처럼 쉽게 될 리가 없었다.

"어쨌건 중요한 것은 최대한 빨리 명부를 해독하여 암흑마교의 간세를 파악하는 것이겠지요. 그들이 어떤 짓을 벌일지 모르니까요."

영운설의 말에 모두들 공감한다는 듯 고개를 끄덕였다.

"괜찮다면 낮은 식견이나마 보태도록 하지요."

당초성의 말에 영운설이 기꺼이 고개를 끄덕였다.

"사천은현께서 도와주신다면 그만큼 다행한 일이 없을 것입니다."

"방해만 되지 않았으면 좋겠습니다."

빙긋이 웃은 당초성이 뒤늦게 당고후를 바라보았다. 뒤늦게 허락을 바란다는 의미였다.

"네게 모든 것을 일임하지 않았느냐? 그리고 암흑마교의 일은 본가라도 무시할 수 없는 일이기도 하고."

수라검문에 이어 당가의 무당행도 그렇게 결정되었다.

*   *   *

엄청난 충격파가 무림을 강타했다.

하나만으로 무림을 발칵 뒤집어놓을 사건이 무려 세 가지.

거의 동시에 터진 일련의 사건들로 인해 무림은 뿌리째 흔들리고 있었다.

대정련, 수라검문에 비해 다소 손색이 있었지만 그래도 무림의 한 축을 담당하고 있던 사도천.

그런 사도천이 하룻밤 만에 몰락하고 말았으니 경덕진에 위치했던 사도천의 본산이 잿더미로 변하고 철혈사존 사마휘 이하 그곳에 상주하고 있던 모든 인원이 몰살을 당했다. 비록 각 지역에 지부와 사도천을 구성했던 각 문파가 남아 있기는 해도 과거의 세력에 비하면 오분지 일도 되지 않을 전력이었다.

사도천의 몰락이라는 거대한 해일이 무림을 한차례 휩쓸고 지나간 뒤, 정신을 차리기도 전에 또 하나의 충격파가 몰아닥쳤다.

암흑마교가 사라지고 스스로 마의 종주라 칭하며 무림의 패권을 노리는 곳.

오직 강자존을 좇는, 그 실력을 가늠할 수조차 없다는 고수들이 득시글대는 곳.

단일 세력으로 대정련, 사도천과 어깨를 나란히, 아니, 그 이상의 저력을 숨기고 있는 곳.

그런 수라검문이 무너졌다.

무림일마 좌패천이 실종되었고 그를 따르던 거의 모든 고수들이 싸늘한 주검이 되어 쓰러졌다.

사람들은 믿을 수가 없었다.

대체 누가, 어떤 세력이 있어 사도천과 수라검문을 일거에 쓸어버릴 수 있단 말인가?

오랜 기다림은 필요없었다.

세인들의 궁금증은 복우산에서 날아온 소식으로 인해 금방 풀릴 수 있었다.

모든 이들이 대붕금시의 꿈, 환상을 좇아 복우산에 도착했으나 그들을 기다리고 있던 것은 거대한 죽음의 덫뿐이었다.

복우산에 오른 사람이 수천이 넘었으나 그 덫을 피해 살아남은 사람은 그야말로 극소수에 불과했으니 그 아비규환 속에서 살아남은 이들로 인해 암중 음모를 꾸민 이들의 정체가 밝혀졌다.

있었다. 사도천과 수라검문을 하룻밤 만에 쓸어버릴 수 있는 세력이.

수천의 무림인들을 농락하며 죽음의 덫을 놓을 수 있는 곳이.

지금은 잊혀진 일이 되었으나 누군가의 기억엔 분명히 남아 있는, 무림 역사상 최강의 힘을 지녔던 곳.

암흑마교.

잊혀졌던 악몽의 재림에 사람들은 전율을 할 수밖에 없었다.

무려 오백여 년 전에 무림을 피에 잠기게 만들었던 암흑마교의 부활이었다.

   *   *   *

"그자가 모습을 드러냈다고?"
"예."
"결과는?"

"적혈신마를 비롯하여 세 명의 호법께서 목숨을 잃었고 흑천전단 부단주 능위소도 목숨을 잃었습니다."

하후천은 예상했다는 듯 별로 놀라는 기색도 없었다.

"도존은?"

"다행히 목숨은 건지셨지만 부상이 생각보다 심하신 것 같습니다."

"그나마 다행이군. 그래, 생존자는?"

"일대주 여몽인을 비롯해 삼십이 안 됩니다."

"삼십이라… 후~ 역시 살아 있었어. 예상은 했지만 이렇게 모습을 드러낼 줄은 몰랐는데."

"죄송합니다."

"네가 죄송할 것은 없다. 차라리 잘됐어. 그 인간의 행방도 모르고 일을 추진하는 것이 영 찜찜했는데 말이야. 하면 작전은 실패한 것이냐?"

"그렇지는 않습니다. 예상치 못한 무명신군의 등장으로 복우산에 오른 무림인들을 전멸시키는 데는 실패했지만 그전에 얻은 전과만으로도 이번 작전은 충분히 성공을 했다고 봅니다."

"그래?"

"예. 복우산에 모인 무림인들의 수가 삼천이 훨씬 넘었습니다만 살아남은 자는 일 할도 안 됩니다."

"뭐, 그렇다면야."

암흑마교의 교주 하후천이 고개를 끄덕였다. 하나, 심드렁한 표정이 그다지 만족한 기색은 아니었다. 아마도 대정련과 수라검문의 핵심 고수들이 살아남은 것이 못마땅한 것이리라.

 신산이 식은땀을 흘리며 황급히 다음 보고를 이어갔다.

 "수라검문의 건은……."

 "그렇지. 수라검문은 어찌 되었느냐?"

 하후천이 관심을 보이자 짧은 숨을 내뱉은 신산이 여유를 되찾은 모습으로 입을 열었다.

 "대승입니다. 사도천과 마찬가지로 깨끗하게 쓸어버렸습니다. 본산은 물론이고 규모가 큰 지부는 모조리 지웠습니다."

 그걸로 충분했다. 몇 명을 죽였느니, 아군의 피해는 어쩌느니 하는 일체의 부연 설명도 필요없었다. 그만큼 완벽한 승리였다.

 "좌패천은?"

 "도주 중입니다."

 "도주라……."

 하후천이 안색을 찌푸리자 신산이 재빨리 말을 이었다.

 "살아도 산 목숨이 아닙니다. 두 다리와 한쪽 팔을 잃은 데다가 치명적인 내상도 당했다고 합니다."

 "호! 양다리와 한쪽 팔이라… 좌패천이 그리 만만한 놈이 아닐 텐데."

"예. 솔직히 그만한 인물인 줄은 속하도 몰랐습니다. 사도천주와 비슷하거나 한 수 정도 위로만 여겼지요."

"그런데?"

"놈의 두 다리와 팔 한쪽을 끊기 위해 육장로께선 최소한 한 달은 정양을 해야 할 부상을 당하셨고 육장로를 도왔던 네 명의 호법이 모조리 목숨을 잃었다고 합니다."

"쯧쯧, 방심을 했군."

하후천이 한심하다는 듯 혀를 차자 신산이 고개를 흔들었다.

"아닙니다. 방심은커녕 처음부터 저마다 최고의 절기들을 펼친 것으로 압니다. 그럼에도 그리 당한 것입니다."

신산의 말에 하후천도 조금은 놀란 듯했다.

"내 인정은 하고 있었으나 좌패천이 그 정도로 강할 줄은 몰랐군. 하긴, 그랬으니 육장로가 그 꼴이 되었겠지."

육장로가 누구던가?

무림오존 중 창존 묵천군.

순수한 무공만으로 따지자면 암흑마교에서도 다섯 손가락 안에 꼽히는 고수였다.

그런 그가 네 명의 호법의 도움을 받아 합공을 가하고도 죽이는 데 실패했다는 것은 그만큼 좌패천의 무공이 뛰어났다는 것을 의미했다. 무림에 알려진 것은 그의 진정한 실력이 아닌 것이다.

"추격은? 후환을 남기면 안 되는 법이다."

"소일첨 호법이 흑룡삼대를 이끌고 추격 중이라 했습니다."

"소일첨이? 그 친구라면 믿을 수 있겠지. 느긋한 듯해도 끈질기고 치밀한 친구야. 어쨌건 사도천과 수라검문을 처리했고 복우산의 일도 그럭저럭 성공한 셈이니 회천지계의 시작은 비교적 순조롭다고 해야겠군."

하후천이 약간은 나른한 시선으로 신산을 응시했다.

"네가 애썼다."

"이제 시작일 뿐입니다. 지금이야 저들이 속수무책으로 당했지만 앞으로는 그렇지 않을 것입니다. 수라검문과 사도천이 무너진 지금 구심점 역할을 할 수 있는 곳은 대정련뿐입니다. 대정련을 어찌 공략하느냐에 따라 대업의 성패가 갈릴 것입니다."

"그렇지. 과거와 같은 실수는 다시 없어야 한다."

과거 암흑마교의 무림제패를 막은 것이 바로 대정련. 물론 당금의 암흑마교가 과거의 암흑마교가 아니라지만 그것은 대정련 역시 마찬가지였다.

"예. 그런 점에서 잠행록을 탈취당한 것이 너무 뼈아픕니다."

"회수는 힘들겠지?"

하후천도 못내 아쉬운 표정이었다.

"그로 인해 교주님께 허락을 받을 것이 있습니다."

"무엇이냐?"

"현재 잠행록은 도성이 있는 무당산으로 향하고 있습니다."

"그렇다고 했지."

방금 전의 보고를 상기한 하후천이 고개를 끄덕였다.

"일단은 잠행록을 회수하기 위해 전력을 다할 셈입니다."

"가능하겠느냐? 대정련과 수라검문, 당가를 비롯하여 많은 이들이 함께 움직이고 있다고 했다."

"기회를 노려봐야겠지요. 그러나 교주님의 말씀대로 실패할 가능성도 다분합니다. 그럴 때를 대비해 암향(暗香)을 움직였으면 합니다."

"암향을?"

"예. 잠행록을 회수하지 못했을 경우 짧게는 열흘에서 길게는 한 달 정도면 암향의 정체가 드러나게 됩니다."

"그들이 쓸모없게 되기 전에 써먹자?"

"그렇습니다. 혼란은 가중되면 가중될수록 좋은 것이니까요."

생각할 이유가 없었다.

"허락한다. 일단은 잠행록 회수에 최선을 다하라. 실패하면 그 즉시 암향을 움직여라."

"존명!"
 신산이 허리를 꺾으며 대답했다.

*　　*　　*

 조그만 마을에 수십 명의 무인들이 모습을 드러내자 주민들은 불안에 휩싸여 있었다. 아무리 무림과는 무관한 사람들이라지만 최근 무림을 강타하고 있는 일련의 상황을 모르지는 않는 터. 그렇잖아도 흉흉한 분위기에 무림인들까지 등장을 하자 다들 어찌할 바를 몰랐다.
 복우산을 떠나온 지 벌써 닷새.
 마을의 유일한 객점을 통째로 빌린 도극성 일행은 처음보다 그 인원이 확 줄어 있었다.
 처음 출발할 때만 해도 거의 백 명에 육박하는 인원이 무당으로 향하고 있었다. 하지만 사도천과 수라검문이 암흑마교의 기습 공격에 무너졌다는 소식을 접한 산정호와 소벽하가 각기 생존자들을 이끌고 황급히 돌아가고 무광 또한 대정련의 호출을 받아 무리에서 이탈했다. 같은 이유로 많은 군웅들이 문파와 가문으로 속속 복귀를 하니 남은 인원이라 봐야 운강 진인이 이끄는 무당파의 제자들과 당가의 식솔들, 그리고 유운개와 개방의 제자들이 전부였다. 물론 사도천과 수라검문, 여타 문파에서도 최소한의 인원을 남기기는 하였으나 그 인원은 극히 소수일 뿐이었다.

축시(丑時:새벽 1시~3시)를 넘긴 시간.

머리를 맞대고 온갖 지혜를 짜내던 영운설과 당초성, 도극성이 길게 한숨을 내쉬며 일과를 정리하고 있었다.

"후~ 어렵군요. 너무 난해해요."

도극성이 고개를 절레절레 흔들었다. 어찌나 심력을 기울였는지 단 며칠 사이에 몇 년은 늙어 보였다.

"적들 또한 이 명부가 유출될 경우 어떤 일이 벌어질지 알고 있을 테니까요. 쉽다면 오히려 이상한 것이지요."

영운설이 이마에 송골송골 맺힌 땀방울을 닦아내며 말했다.

"그래도 이 정도일 줄은 몰랐소. 솔직히 혼자라면 해독할 엄두를 내지 못할 것이오."

그 누구보다 문재에 뛰어나다는 당초성 역시 명부의 난해함에 혀를 내둘렀다.

"그래도 어느 정도 성과가 있어 다행입니다. 무당에 도착할 즈음이면 최소한……."

도극성이 자신하기 힘든지 영운설을 바라보자 살짝 미소를 머금은 영운설이 말을 받았다.

"절반은 해독할 수 있겠지요."

"후~ 무림이 발칵 뒤집힐 것입니다. 지금 드러난 이름만으로도 기절할 정도니."

고개를 끄덕여 동의를 표하던 도극성이 슬며시 물었다.

"어찌할 생각입니까? 일단 드러난 자들만이라도 우선 알려야 하지 않을까요?"

"그래야겠지요. 어쩌면 지금과 같은 일들을 두려워한 저들이 벌써 일을 저지르고 있을지 모르니까요."

"하면 유운개 어르신께……."

"아니요."

당초성의 말에 영운설이 고개를 흔들었다.

"아직 개방의 인물은 드러나지 않았어요. 어쩌면……."

영운설은 차마 말을 잇지 못했다. 하지만 도극성과 당초성은 그녀가 하고자 하는 말이 무엇인지 알고 있었다.

유운개라도 도성과 불성, 검존을 제외한 아무도 믿지 말라는 독비신개의 유언은 피해갈 수 없는 것이었다.

사실, 엄밀히 말해 독비신개가 언급한 조건을 따지자면 영운설과 당초성 또한 명부를 볼 자격이 없었다. 하지만 사도천과 수라검문이 무너졌다는 소식을 접한 영운설은 도극성에게 최대한 빠르게 해독을 해야 한다고 한참 동안이나 설득했고 그녀의 가문이 구중천, 즉 암흑마교에 멸문지화를 당했다는 것을 알고 있던 도극성은 장고 끝에 그녀의 요청을 허락했다.

명부의 해독에 당초성까지 끌어들이는 모험을 하기도 했는데 당초성은 영운설에 비견되는, 어쩌면 그 이상이라 여겨질 정도로 탁월한 지혜와 식견으로 명부의 해독에 결정적인 역할을 했다.

 복우산을 떠난 지 사흘째이자 셋이 머리를 맞댄 지 이틀째에 접어든 날 마침내 청성파의 이장로 천기자(闡器子), 소림사의 사대금강의 수좌이자 무광의 사형이 되는 무조(無照), 점창일수 고연(高燃)을 비롯해 몇몇 간세의 이름이 드러나니 그들의 명성이나 각 문파에서 차지하는 위치에 다들 할 말을 잃고 말았다.

"하면 군사께서 따로 생각하신 방법이 있소?"
"예. 군사 직속 비선을 사용할 생각입니다."
"그런 것도 있소?"

 당초성이 놀랍다는 듯 되묻자 영운설이 약간은 민망한 얼굴로 대꾸했다.

"조직한 지 얼마 되지 않아 아직은 미력합니다만 믿을 수는 있습니다."

 미력하다는 그녀의 말과는 다르게 자신감 넘치는 태도를 본 당초성과 도극성은 그녀의 의견을 존중키로 결정했다. 누가 뭐래도 대정련의 군사이자 팔룡의 으뜸 자미성의 기운을 타고난 그녀의 능력을 믿었기 때문이었다.

"오늘은 이쯤 하고 이제 그만 쉬시는 것이 좋겠군요."
"하하, 군사께선 먼저 쉬시오. 난 이 친구와 목이나 좀 축여야겠소이다."

 당초성의 말에 영운설이 이마를 찡그렸다.

"오늘도요?"

"내일도 마찬가지일 것이오. 술이라는 것은 내 인생의 활력소이자 지혜의 원천이니까. 하하하하!"

벌써부터 침을 꼴깍꼴깍 삼키는 당초성을 보며 도극성은 자신도 모르게 고개를 흔들고 말았다.

사천은현, 마치 고고한 학을 떠오르게 만드는 세간의 평가와는 다르게 며칠간 지내본 그는 무척 털털하고 재밌는 사람이었다. 엉뚱한 데다가 장난도 잘 치며 웃음도 많았다. 무엇보다 놀라웠던 것은 그가 두주불사(斗酒不辭)라는 것.

'사천은현? 얼어죽을. 은현은 무슨? 사천주귀(四川酒鬼)가 딱이고만.'

그렇다고 싫지는 않았다.

그 역시 술이라면 꽤나 좋아했고 무엇보다 무당으로 향하는 일행 중 그와 허물없이 말을 섞고 편하게 대해주는 거의 유일한 사람이기 때문이었다.

"그때는 제가 얼마나 놀랐는지 모릅니다."

"하하하! 그랬나? 나는 한다고 한 것인데 말이야. 출입구를 찾기 위해 얼마나 애를 썼는지 자네는 모르네."

"그게 지옥행인지도 모르고 말이지요?"

도극성이 쓴웃음을 지으며 술잔을 털어 넣었다.

지금 생각해도 비동의 출구가 열릴 때만 생각하면 가슴이 두근거렸다. 결과적으로 잘되기는 하였으나 곽월의 말대로 암혹마교의 안배가 있었다면 어찌 되었을지 상상조차 하기 싫었다.

"그 곽월인가 하는 친구의 말대로 비동 밖에 암혹마교의 정예가 기다리고 있었다면 충분히 그럴 만했지. 우왕좌왕에 자중지란(自中之亂)까지. 우리들 꼴이 말이 아니었으니까 말이야. 한데 정말 매복이 있기는 있었나?"

"틀림없었을 겁니다. 뭐가 틀어진 것인지 모르지만 거짓말을 할 녀석은 아니니까요."

"하긴, 애당초 거짓말을 하려면 암혹마교의 음모를 꺼낼 이유가 없었을 테니까."

"예. 녀석이 아니었다면 더 많은 피해를 당했을 겁니다."

"그렇지. 놈들이 떡밥으로 뿌려놓은 보물 따위를 차지한다고 서로들 그 난리를 피웠으니까. 솔직히 놈들이 아니어도 엄청나게 죽어나갔을 거야. 그놈의 욕심이 무엇인지."

당초성이 혀를 차며 고개를 흔들자 도극성이 빈 잔에 술을 따르며 농을 던졌다.

"형님도 욕심이 난 것이 아닙니까?"

당초성이 피식 웃으며 고개를 끄덕였다.

"뭐, 그럴지도. 하지만 보물보다는 난 비동 그 자체에 흥미가 동해온 것일세. 어떤 비밀을 품고 있기에 그리 난리가 났는지 너무 궁금했거든."

가벼운 가운데 진지함이 느껴지는 대답에서 도극성은 그

의 말이 거짓이 아니라는 것을 느낄 수 있었다.
"아, 한데 그 친구 말일세."
"곽월 말인가요?"
"그래. 어떤 인연인지 모르겠지만 조금 골치 아프겠어."
"예?"
도극성은 당초성이 건네는 말뜻을 금방 파악하지 못했다.
"너무 많은 사람들이 당해서 말이야. 하나같이 중요한 사람들이고. 그 친구를 두둔한 일은 두고두고 자네 발목을 잡게 될 것일세. 어쩌면 지난번보다 훨씬 곤란한 일도 겪을 수 있고."
"각오는… 하고 있습니다."
도극성의 안색이 살짝 어두워졌다.
"게다가……."
잠시 말을 끊고 술잔을 비우는 당초성의 얼굴이 더없이 진지해졌다.
"그 친구 반골상을 지닌 것 같더군."
"그렇다더군요."
시큰둥한 반응에 당초성이 놀라 되물었다.
"알고 있었나? 그런데도?"
"언젠가 할아버지께서 말씀하셨지요. 그딴 것은 그저 사람들의 편견이 만들어낸 헛소리라고요."
"하지만……."

"저도 같은 생각입니다. 사람이 사람에게 배반을 당한다는 것은 뭐가 되었든 다 그만한 이유가 있는 것이지, 단지 그 사람이 타고난 운명이나 기질 때문이란 생각은 하지 않습니다."

잠시 곽월을 떠올린 도극성이 나직하면서도 힘있는 음성으로 말했다.

"진정한 믿음은 배반당하지 않습니다. 최소한 저는 그렇게 믿고 싶습니다."

당초성이 조금은 감동한 눈으로 도극성을 바라보았다.

"자네의 생각이 그렇다면 그런 것이겠지. 이거 내가 괜히 쓸데없는 말을 한 셈이로군. 내 석 잔의 벌주를 마시지."

당초성이 연거푸 석 잔의 술을 들이켰다.

'부디 자네의 믿음이 깨지는 일이 없기를 바라겠네.'

당초성은 아직도 반골상에 대한 확신이 없었다. 그렇지만 두 사람의 우정만큼은 무척이나 부러웠다.

바로 그때였다.

"자느냐?"

난데없이 들려온 목소리에 당초성이 화들짝 놀라며 일어났다.

"아닙니다. 들어오시지요."

문을 열고 들어온 사람은 당고후였다.

그는 탁자 위에 뒹구는 술병을 보며 잠시 인상을 찌푸리다 곧 입을 열었다.

"의선당주에게서 연락이 왔다."

"고모부님이요?"

세가와는 늘 연락을 주고받았지만 이렇듯 새벽녘에 연락이 도착한 적은 단 한 번도 없었다. 게다가 엉뚱하게도 의선당주의 서신이라니. 심상치 않은 내용이라는 것은 당고후의 굳은 얼굴만 보아도 알 수 있었다.

"저는 이만 나가보겠습니다."

자신이 낄 자리가 아니라고 여긴 도극성이 서둘러 자리에서 일어났다.

"그래 주겠나? 미안하네."

당초성은 진심으로 미안한 표정으로 도극성을 배웅했다.

"보거라."

도극성의 기척이 완전히 사라진 것을 확인한 당고후가 한 장의 서찰을 내밀었다.

서찰의 내용을 읽어 내려가는 당초성의 얼굴이 점점 굳어져 갔다.

"이게 사실입니까?"

"대지급으로 온 것을 보면 사실인 것 같다."

"천하에 당가를 중독시킬 수 있는 곳이 있다니 믿기 힘듭니다."

"그러게 말이다. 절반도 넘는 식솔들이 중독되었다는데 어떤 독인지조차 파악하지 못했다니……. 후~"
 당고후도 답답했는지 땅이 꺼져라 한숨을 내쉬었다.
 "혹여……."
 당초성이 더없이 심각한 표정으로 입을 열었다.
 이심전심(以心傳心).
 당고후는 그가 하고자 하는 말을 금방 눈치 챘다.
 "어쩌면 그럴 수도 있다. 아니, 가장 가능성이 높을 수도 있어. 게다가 암흑마교라면 그 옛날 본 세가와 어깨를 나란히 했던 백독곡(伯毒谷)을 거느리고 있었으니까."
 "아버님과 숙부님들을 중독시킬 수 있을 정도라면 그 실력이 엄청날 것입니다."
 "아니면 그만큼 친밀한 관계라는 말도 될 수가 있겠지. 아무런 의심도 받지 않고 하독(下毒)할 수 있었을 테니까."
 당초성이 동의한다는 듯 고개를 끄덕였다.
 "하니 어찌할 테냐? 돌아갈 테냐?"
 "그래야겠지요. 고모부님께서 중세의 악화를 필사적으로 막고는 있다지만 언제까지 버틸 수 있을지는 자신할 수 없다고 하시니까요."
 "간자의 정체도 모르고 갔다간 우리마저 당할 수 있다."
 "그래도 가야 하지 않겠습니까? 절반이 넘는 식솔들이 당했습니다. 게다가 그것이 끝은 아닐 것이고요. 위험하기는 해도 어떻게든 막아야 합니다. 그리고 간자의 정체는 곧 밝혀질 것입니다."

 암묵적으로 내색은 하지 않았지만 당초성이 영운설 등과 명부 해독에 들어갔음을 눈치 채고 있었던 당고후가 반색을 하며 되물었다.

 "그 정도까지 진척이 된 것이냐?"

 "예. 지금 본가에서 벌어진 일이 외부인의 소행이 아니라 진정 간자의 짓이라면 놈은 반드시 그 대가를 치르게 될 것입니다."

 "당연히 그래야겠지. 감히 당가를 건드린 놈이다."

 당고후의 눈에서 한광이 뿜어져 나왔다.

第四十一章
혈로(血路)

"숙살이대는 도착했느냐?"
"한 시진 내로 도착할 것입니다."
"꽤나 서둘러 왔군."
명인결이 만족한 미소를 지었다.
"한데 호법님."
"왜 그러느냐?"
"이번 일, 흑천전단의 힘으로도 충분하지 않았습니까? 복우산에선 낭패를 보았으나 아직 그만한 여력은 충분히 됩니다."
무명신군에게 당한 흑천일대를 제외하고 복우산에서 살아

남은 병력의 수가 삼백을 훨씬 넘었다. 비록 사도천 지부를 공략하는 문제로 인해 그 수가 다소 줄기는 했어도 백 명도 넘는 인원이 이번 작전에 투입된 상태였다.

"네 심정을 이해는 하지만 어쩌겠느냐? 군사의 명령인 것을."

"하지만 대정련이나 수라검문 놈들도 사라진 마당에……."

"만전을 기해서 나쁠 것은 없지 않느냐? 그만큼 중요한 일이라 생각하고 지금은 그저 잠행록을 회수한다는 생각만 하여라."

명인결의 부드러운 어조에 마영성은 더 이상의 불만을 토로하지 않았다.

"알겠습니다."

"한데 놈들의 위치는 파악했느냐?"

"예. 마을 객점에 머물고 있다고 합니다."

"객점? 한가한 놈들이군. 무당은?"

"막 보고가 올라온 것으로 압니다."

대답과 함께 마영성의 시선이 삼대주 위조민에게 향했다.

자리에서 일어나 예를 표한 위조민이 착 가라앉은 어조로 입을 열었다.

"방금 전, 앞서 무당의 동태를 살피기 위해 움직였던 수하들로부터 연락이 왔습니다."

"움직였겠지?"

강초가 혈옥소를 만지작거리며 물었다.
"그렇습니다."
"어느 정도나 움직인 것이냐?"
"인원은 대략 사십에 대다수가 이대제자이고 일대제자 다섯이 그들을 이끌고 있다고 합니다. 그리고……."
흑천삼대 부대주 소유가 말끝을 흐리자 마영성이 눈을 부라렸다.
"우물쭈물하지 말고 빨리 말해라. 또 뭐냐?"
"운섬(雲閃)이 움직였다고 합니다."
"낙… 일검(落日劍)이?"
"예."
마영성은 그제야 소유가 멈칫거린 이유를 알 수 있었다.
낙일검 운섬.
무당의 현 장문인 운선 진인의 막내 사제.
그 실력이 신비에 싸여 있는 고수로 무당에서 암약하고 있는 간자의 보고에 따르면 나이는 어리나 그 실력이 장문인에 버금갈 정도라 하였다.
"낙일검이 누구냐?"
마영성의 반응을 괴이하게 여긴 명인결이 물었다.
오랜만에 무림에 나온 명인결은 낙일검에 대해 전혀 아는 바가 없었다.
"낙일검이라고 근자에 명성을 얻고 있는 어린놈이 하나 있습니다."

"단순히 어린 것 같지는 않다만."

"예. 비록 나이는 어리나 실력은… 인정할 만합니다."

"호! 단주가 그리 말할 정도란 말이지."

명인결의 눈에 이채가 어렸다.

승부욕 하나만큼은 암흑마교에서도 최고로 치는 흑천전단 마영성이 아니던가.

그가 인정할 정도의 고수라면 실력이 상당할 터였다.

"명목적인 사부는 전대 장문인 청산이지만 그놈을 가르친 자는 태을입니다."

"태을이라면… 도성이?"

"그렇습니다."

"도성이 친히 가르쳤다니 자질이 꽤나 좋았던 모양이군. 당연히 실력도 있겠고."

"소문에 의하면 권존과 동수를 이뤘다고 합니다."

명인결의 안색이 확 변했다.

"권존이라면 결코 만만한 자가 아닐 텐데… 혹여 뜬소문 아니더냐?"

"권존의 입에서 나온 말로 압니다. 물론 무림의 선배로서 어느 정도는 양보를 해줬다는 말도 있었으나 일단 그가 인정했다는 점을 눈여겨볼 만합니다."

"그런 고수가 하산을 했다? 흠, 재밌겠군."

명인결이 혀를 살짝 내밀어 윗입술을 할짝였다.

그것이 명인결이 무한한 호기심과 더불어 무인으로서의 승부욕이 발동했을 때의 버릇이라는 것을 알고 있던 강초가 슬며시 웃음 지었다.

"그래, 우리에게 얼마의 시간이 있느냐?"

명인결이 소유에게 물었다.

"하산한 이들이 상당히 빠르게 움직이고 있다고 합니다. 이동 속도로 보아 저녁 무렵이면 만날 것 같습니다."

"그렇다면 그전에 끝장을 보아야 한다는 말인데… 아무튼 우리의 목적은 잠행록이다. 게다가 복우산에서의 빚도 갚아야 할 테니까 일단 귀찮은 일은 피하는 것이 좋겠지. 괜찮은 장소가 있느냐?"

마영성이 기다렸다는 듯 대답했다.

"이곳이 적당할 것 같습니다. 승봉산(昇鳳山)의 운두령(雲頭嶺)이라고, 놈들이 무당산으로 가고자 한다면 반드시 지나가야 하는 곳입니다."

"운두령?"

"예. 제법 험한 곳입니다. 게다가 지형적 특성 때문인지 대낮에도 안개가 끼는 날이 많습니다."

"안개라면… 매복을 하기가 좋겠군."

"그렇습니다."

"모양새가 좋지는 않지만 어쩔 수 없지. 우선은 임무를 완수해야 하니까. 단주."

"예."

"곧 도착하는 숙살이대주와 힘을 합쳐 세부적인 계획을 세워라. 한 치의 오차도 있어선 안 될 것이다."

"알겠습니다."

"명부를 얻은 후, 무당까지 친다."

턱 끝을 어루만지는 명인결의 눈엔 기이한 열기가 피어오르고 있었다.

* * *

"꼭 이곳을 지나야 합니까?"

도극성이 잔뜩 찌푸린 얼굴로 물었다.

정오가 가까웠음에도 오히려 조금씩 짙어지는 안개를 보며 이상하게도 마음이 불안했다.

"아무래도 느낌이 좋지 않습니다."

"안개 때문에 그러시는군요."

"예."

"우회로가 있기는 하지만 최소한 반나절은 더 걸립니다."

영운설이 어쩔 수 없다는 표정으로 대꾸했다.

"대체 이곳은 어디입니까? 산세가 조금 험하긴 해도 그다지 높은 곳도 아닌 것 같은데 무슨 놈의 안개가 이리 끼는지 모르겠군요."

도극성이 안개를 휘휘 저으며 물었다.

"승봉산을 휘감고 도는 강줄기 때문에 그럴 거예요. 사시사철 안개가 낀다고 해서 이름까지 운두령이라고 하지요."

"후~ 매복을 하기에 이만한 장소가 없군요. 길도 좁은 데다가 좌우가 이런 절벽으로 막혀 있으니 말이지요."

도극성이 한껏 습기를 머금은 절벽을 손바닥으로 문지르며 말했다.

"너무 걱정하지 마세요. 유운개 어르신께서 충분히 정찰을 하고 계시니까요. 그리고 운강 진인께서 말씀하신 대로라면 이제 곧 우리를 마중 나온 무당파 사람들과 만나게 되어 있으니 큰 문제는 없을 것입니다."

'아무런 일도 없다면 말이지요.'

도극성이 쓸쓸히 웃었다.

그의 말대로 운두령은 매복 공격을 하기에 최적의 위치였다.

안개를 이용하여 암습을 해도 되고 길을 막고 좌우 절벽 위에서 공격을 퍼부을 수도 있었다. 그런 위험을 사전에 차단하고자 유운개는 일행이 운두령에 접어들기 전에 개방의 제자들을 동원하여 인근 지역을 샅샅이 훑는 노련함을 보여줬다.

그럼에도 도극성은 안심을 하지 못했다.

'다른 때도 아니고 하필이면 당가의 전력이 빠진 이후에

이런 곳을 지나가게 되다니.'

무당산까지 함께 동행하기로 했던 당가.

어떤 사정이 있는 것인지는 자세히 알 수 없었으나 당초성을 비롯한 당가의 전력은 장강의 뱃길을 이용하기 위해 이미 일행과 떨어져 남하를 한 뒤였다.

어쩌면 지금 도극성이 느끼는 불안감은 당가라는 막강한 전력이 빠져나간 것에서 기인한 것인지도 몰랐다.

'어째 느낌이 영 좋지 않아.'

마음의 안정을 찾지 못한 도극성은 천문동부에서 익힌 암흑광령인을 최대한으로 끌어올리며 만약의 사태에 대비했다.

일행이 운두령에 접어든 지 반 시진.

도극성이 걱정하는 일은 일어나지 않았다.

　　　　*　　　*　　　*

"어르신."

마영성이 명인결을 불렀다.

태양을 바라보던 명인결이 고개를 돌렸다.

행여나 안개가 사그라지는 것은 아닌지 걱정했지만 그럴 기미가 보이지 않아서인지 안색이 더없이 평온했다.

"도착했느냐?"

"예."

"준비는 잘되었겠지? 개방 놈들이 정찰을 꽤나 꼼꼼히 한다고 들었다만 행여나 놈들이 눈치를 채거나 하지는 않았느냐?"

"거렁뱅이 따위에게 들킬 리가 있겠습니까? 절벽에서 놈들에게 투하할 물건들도 제대로 감춰두었다고 합니다. 한데 생각보다 인원이 줄었습니다."

"인원이 줄었다?"

"당가가 이탈했습니다."

"당가가?"

지난날, 복우산에서 생각지도 못한 변수로 인해 낭패를 보았던 명인결의 눈썹이 꿈틀거렸다. 어쩌면 사라진 당가가 그때와 같이 하나의 변수가 될 수도 있다는 생각 때문이었다.

"놈들의 행방은 파악하였느냐?"

마영성을 대신해 소유가 재빨리 말을 받았다.

"당가라면 걱정하지 않아도 될 것 같습니다."

"걱정하지 않아도 되다니?"

"사천으로 돌아간 것으로 보입니다."

"사천으로 돌아가? 왜?"

마영성이 고개를 갸웃거리며 물었다.

"그 이유를 알 수는 없습니다만 보고에 따르면 그들이 사천으로 향하는 상선에 오르는 것을 확인했다고 합니다."

"제대로 확인한 것이냐?"

명인결의 물음에 소유가 더없이 진중한 표정으로 대꾸했다.

"예. 거듭 확인한 것이니 틀림없습니다."

"그래? 놈들을 그냥 보내는 것이 아쉽기는 하다만 어쨌거나 일이 수월해지기는 하겠구나."

복우산에서 한없이 건방을 떨던 당초성을 그냥 보내는 것이 조금 떨떠름하기는 했지만 당가엔 독왕뢰가 있다는 것을 생각하면 차라리 다행이란 생각이 들었다.

"마영성."

"예."

"시작해라. 포로 따위는 필요없다."

"존명."

물러나는 마영성의 전신에서 스산한 살기가 뿜어져 나오기 시작했다.

암흑광령인의 날카로운 감각에 뭔가가 걸려든 것은 운두령 정상을 통과하고도 한참이 지난 후였다.

"조심하……."

본능적으로 경고를 하려는 찰나 좌우 절벽에서 천지를 뒤흔드는 굉음이 터져 나왔다.

소리의 정체를 깨닫기도 전에 머리 위에서 아름드리 통나무와 무수한 바위들이 떨어지고 있었다.

"피해라!"

운강 진인과 유운개가 목청이 터져라 소리를 질렀으나 절벽 위에서 떨어져 내린 통나무와 바위들은 이미 일행을 덮치고 있었다.

안개에 뒤덮인 협곡, 한 치 앞도 가늠키 힘든 상황에서 불규칙적으로 떨어지는 통나무와 바위를 무사히 피한다는 것은 그 자체가 불가능한 일이었다.

처절한 비명 소리와 울부짖음이 곳곳에서 터져 나왔지만 안개 때문에 그 피해를 가늠키가 힘들었다.

"괜찮으십니까?"

막 머리 위로 떨어져 내리던 바위를 옆으로 흘려 버린 도극성이 영운설의 팔목을 잡으며 말했다.

"예. 전 괜찮아요."

파리해진 얼굴이 조금 당황한 듯 보였으나 비교적 평정심을 유지하고 있었다.

"빨리 피해야 합니다. 후속 공격이 있을 겁니다."

그 말이 끝나기가 무섭게 날카로운 파공성이 협곡을 뒤덮었다.

"화살이다. 조심해… 큭!"

짧은 비명 소리와 함께 경고를 하던 유운개의 신형이 흔들렸다.

"괜찮으십니까?"

"됐다."

유운개가 어깨에 박힌 화살을 뽑아내며 소리쳤다.

수하들을 동원하고도 적의 함정에 당했다는 수치스러움 때문인지 그의 얼굴은 분노로 뒤덮여 있었다.

"어차피 놈들도 우리를 보지 못합니다. 우선 제가 길을 뚫겠……."

유운개와 다급히 말을 주고받는 사이 안개를 뚫고 날아든 수십 발의 화살이 도극성을 노렸다.

"이것들이!"

단숨에 화살을 쳐낸 도극성의 고개가 절벽을 향해 휙 돌아갔다.

위쪽에 있는 적을 물리치지 않고선 운두령을 무사히 빠져나갈 수 없다는 생각에 지체없이 몸을 움직였다.

유운개의 머리를 넘고 절벽에서 떨어진 바위를 디딤돌 삼아 힘차게 뛰어오른 도극성은 단 두 번의 도약으로 절벽 위로 올라갔다.

"적이닷!"

안개를 뚫고 치솟아오른 도극성을 발견한 흑천사대 부대주 백총이 벼락같이 소리를 지르자 절벽 아래로 향했던 스무 개의 활이 일제히 한곳으로 집중됐다.

핑. 핑. 핑.

시위가 튕겨지고 날카로운 파공성과 함께 스무 발의 화살이 무시무시한 속도로 쏘아졌다.
 밀려드는 화살을 확인한 도극성이 황급히 몸을 뒤틀었다.
 허공에 떠 있다 보니 아무래도 발을 딛고 있는 것보다는 반응이 느릴 수밖에 없었다. 동작 또한 더뎠으나 그래도 몸을 지키기엔 충분했다.
 연거푸 날아든 화살을 절묘하게 피해낸 도극성이 절벽 위에 무사히 안착했다.
 "쳐랏."
 백총의 명이 떨어지기가 무섭게 활과 화살을 내던진 흑천사대 대원들이 도극성을 향해 덤벼들었다.
 복우산에서 이미 한차례 전투를 경험해 본 적이 있던 도극성은 그들 개개인의 실력뿐만 아니라 이인 일조, 삼인 일조가 되어 공격을 펼치는 연수합공이 상당히 위력적이었다는 것을 기억하고 있었다.
 취릿.
 후미에서 날카로운 파공성이 들려왔다.
 두 자루의 검이 허리와 다리를 노리며 밀려들었고 정면에서도 목과 가슴을 노린 공격이 쇄도했다.
 하나, 이미 표영이환보의 보로에 따라 움직이고 있는 도극성을 위협할 수는 없었다.
 도극성의 두 손이 전광석화처럼 움직였다.

그의 허리를 노리며 달려들었던 사내가 외마디 비명과 함께 붉은 피를 뿌리며 나가떨어졌다.

가슴에 박힌 검날은 방금 전까지만 해도 적을 겨눴던 그의 애검.

피가 솟구치는 가슴을 부여잡으며 경련을 하던 사내가 힘없이 고개를 떨궜다.

"죽엇!"

사내의 죽음에 흥분한 동료의 검이 도극성의 정수리를 내리찍었지만 합장을 하듯 양 손바닥으로 검날을 잡아낸 도극성이 살짝 힘을 주자 날카로운 금속성이 들리면서 검날이 그대로 부러져 나갔다.

공격을 한 사내의 눈이 경악으로 물들 때 도극성은 부러진 검날을 상대의 목에 쑤셔 박고 몸을 빙글 돌렸다.

고작 한 호흡 만에 두 명의 수하를 잃은 백총이 어이가 없는 눈으로 바라보자 도극성의 입가에 진하디진한 살소가 지어졌다.

"구중천? 아니, 암흑마교라 했던가?"

도극성의 눈에서 살기가 뿜어져 나오기 시작했다.

"네놈들이라면 아주 이가 갈린다. 아울러 받아야 할 빚도 많이 있지. 이렇게 말이다."

말이 끝나기가 무섭게 쇄도하는 몸.

백총도 그리 호락호락한 사내가 아니었다.

기겁을 하며 물러났으나 물러서면서도 자신의 성명절기라 할 수 있는 사령팔검(死靈八劍)을 시전했다. 비록 급히 펼치는 바람에 몸의 중심이 흐트러졌다고는 해도 주변 공기가 미친 듯이 요동칠 정도로 상당한 위력을 품고 있었다.

 그래도 도극성의 손에서 뿜어지는 풍뢰신장의 무시무시한 힘에 비할 바는 아니었다.

 음습한 기운을 뿜어내던 검이 힘없이 튕겨져 나가고 경쾌하면서도 묵직한 격타음이 들리는 것과 동시에 백총이 그 자리에 주저앉고 말았다.

 엄청난 고통이 머리부터 발끝까지 관통을 했다.

 고통 속에서 자신을 구하기 위해 미친 듯이 달려드는 수하들의 모습을 발견했다.

 그것이 부질없는 짓이라는 것을 단 한 번의 부딪침으로 깨달을 수 있었음에도 자신에 대한 의리를 지키고자 하는 수하들이 눈물나게 고마웠다.

 생사고락을 같이한 그들을 헛된 죽음으로 몰아넣을 수는 없다는 생각에 당장 도망치라고 혼신의 힘을 다해 소리를 쳤다.

 한데 아무리 소리를 치려 해도 목소리가 나오지 않았다.

 반쯤 뭉개진 얼굴, 산산조각이 나버린 턱뼈에선 단순한 신음 소리만이 흘러나올 뿐이었다.

 백총을 무력화시킨 도극성은 그에게 미련이 없었다.

혈로(血路) 91

그는 자신에게 달려드는 적을 보며 짧게 호흡을 골랐다.
공격을 시작한 도극성은 거침이 없었다.
퍽!
백총을 구하기 위해 가장 앞서 용감히 돌진했던 사내가 짧은 비명과 함께 무릎을 꿇었다.

도극성이 눈동자가 반쯤 돌아간 사내의 이마를 툭 밀어 쓰러뜨리더니 몸을 붕 띄워 후미로 접근하는 사내의 어깨에 올라탔다.

이어지는 천근추의 수법.
우우둑.
엄청난 압박을 견디지 못한 사내의 무릎이 그대로 부러져 나갔다.

불구대천의 원수.
손속에 인정이 있을 수 없었다.
도극성은 흑천사대 대원들이 감히 상상도 할 수 없을 정도로 현란한 움직임을 보여주며 일방적인 공격을 퍼부었다.
싸움은 순식간에 종극으로 치달았다.
"으으으으."
마지막까지 유일하게 멀쩡히 서 있던 사내의 입에서 절망 어린 신음이 흘러나왔다.

들고 있던 검은 이미 산산조각이 나버렸고 오장육부가 뒤틀렸는지 연신 핏물을 토해내고 있으면서도 그는 버티고 있었다.

"제법이군."

도극성의 말에 사내의 몸이 움찔했다.

본능적으로 주변을 둘러보았으나 그를 구원해 줄 사람은 아무도 없었다.

부대주 백총은 첫 번째 충돌에서 이미 숨이 끊어진 듯 보였고 대다수의 동료들이 별다른 대항도 못해보고 쓰러졌다.

공격을 하고 싶어도 할 수 없었으며 방어를 하고 싶어도 애당초 방어라는 말이 통용되지 않는 상대였다. 발악을 하면 할수록 허무한 결과만 있을 뿐이었다.

공포에 젖은 눈동자가 마구 흔들렸다.

그 눈빛에 마음이 움직인 것일까?

문득 걸음을 멈춘 도극성이 잠시 그를 바라보다 조용히 외쳤다.

"꺼져라."

도극성이 몸을 빙글 돌렸다.

그러나 상대는 누가 뭐라 해도 흑천사대의 대원이었다.

불가항력의 적을 맞이하여 한순간 공포에 떨었을지는 몰라도 그 나름대로 혹독한 수련을 했고 죽음의 고비를 몇 번이나 넘겨온 역전의 용사였다.

도극성의 아량은 그의 자존심에 거대한 생채기를 남겼다.

공포감은 곧 수치로 변했고 흔들리던 눈빛도 착 가라앉

았다.

"뒈져랏!"

무기도 없었고 들 힘도 없었다.

그는 그저 자신의 분노를 담아 온몸으로 부딪칠 뿐이었다.

안타깝게도 그게 전부였다.

그의 공격은 도극성의 몸에 닿지도 못했다.

도극성의 몸에서 자연스레 일어난 반탄강기가 그의 몸을 날려 버린 것이었다.

도극성이 절벽의 적을 상대하는 사이 매복 공격에 어쩔 줄을 몰라 했던 일행은 영운설의 냉철한 판단과 지휘로 어느새 함정을 빠져나가고 있었다. 물론 도극성으로 인해 적의 함정에 틈이 생긴 것이기도 하였지만 그녀의 위기대처 능력은 가히 발군이었다. 특히 짙게 낀 안개를 무기로 은밀히 암습을 해대는 숙살이대의 공격을 최소한의 피해로 막은 것은 전적으로 그녀의 뛰어난 무공 때문이었다. 제 안방처럼 협곡을 쏠던 살수들이 영운설에게 막혀 막심한 피해를 내고 물러난 것이었다.

절벽에서 내려온 도극성이 일행을 쫓아 달렸다.

얼마 지나지 않아 운두령을 휘감고 있던 안개가 점점 옅어지는가 싶더니 시야가 확 넓어졌다.

일행은 그곳에서 그를 기다리고 있었다.

"무사하셨군요."

영운설이 반색을 하며 그를 반겼다.

"예. 피해는 어느 정도······."

질문을 던지던 도극성이 말문을 닫고 말았다.

처참했다.

그 한마디로 일행의 상황을 정의할 수가 있었다.

처음 출발할 때와는 달리 많은 문파의 인원이 철수를 했고 새벽에 당가의 인원마저 빠지는 바람에 무당으로 움직이던 일행의 숫자는 겨우 삼십에 불과했다. 한데 그 수가 절반도 남지 않았다. 무공이 약했던 개방 제자들의 수가 유난히 확 줄었는데 비록 악연으로 많이 얽혀 있었으나 그것도 나름 인연이라고 익숙했던 이들의 모습이 보이지 않자 마음이 아팠다.

"제대로 당했군요."

"후~ 제 실수예요. 도 공자님 말씀대로 좀 더 주의를 기울였어야 했는데."

후회란 아무리 빨라도 늦는 법이었다.

자책하는 영운설의 얼굴에 그늘이 졌다.

"군사의 실수가 아니네. 우리가 더욱 철저하게 살폈어야 했어. 바보 같은 녀석들. 절벽에서 떨어져 내린 나무와 바위들이 얼마인데 그걸 발견 못하고."

유운개가 부상당한 어깨에 옷을 찢어 만든 붕대를 칭칭 감으며 탄식했다.

도극성은 개방 제자들로선 역부족이라는 말을 하려다 낙심한 유운개의 표정을 보곤 입을 다물었다.

"어차피 벌어진 일입니다. 앞으로가 중요하지요."

공격은 더 이상 없었지만 예상이 틀리지 않는다면 적은 또 다른 함정을 파고 기다리고 있을 것이다. 잠깐의 방심은 그대로 목숨을 위협할 수 있었다.

"우리가 너무 쉽게 생각한 모양입니다. 생각해 보면 도 공자님이 살아계시다는 것을 안 이상 저들이 가만있을 리가 없는데 말이지요."

"그럴 수도요."

영운설의 자조 섞인 말에 도극성은 쓴웃음을 짓고 말았다.

"일단 여기를 벗어나는 것이 중요할 것 같네. 이번 공격은 시작에 불과할······."

유운개의 말은 끝나지 못했다.

전방을 주시하던 도극성의 표정이 확 변했기 때문이었다.

"벌써 왔군요."

모든 이들의 시선이 도극성의 손가락을 따라 움직였다.

느릿느릿 움직이는 일단의 무리들.

비교적 거리가 있음에도 주변을 뒤흔드는 압박감이 실로 장난이 아니었다.

"많군요."

어림잡아도 백여 명이 넘는 인원에 영운설의 음성이 가볍게 떨렸다.

"어찌할 생각입니까?"

도극성의 말에 영운설이 입술을 깨물었다.

"뚫어야지요."

"하지만 숫자가 너무 많습니다. 게다가 지금 상황이……."

운두령에 설치된 함정을 뚫고 오는 동안 인원이 절반이 넘게 줄었고 그나마도 부상자들이 제법 됐다.

"방법이 없어요. 퇴로는 이미 끊겼고요."

"아, 절벽이 무너져서……."

"예."

영운설이 한숨을 내쉬며 고개를 끄덕이자 이 모든 것이 자신의 잘못인 양 자책을 하고 있던 유운개가 전의를 불태우며 말했다.

"내가 선봉을 서지."

"아니외다. 노도가 길을 뚫겠소."

운강 진인이 한껏 심호흡을 하며 나섰다.

'자신감 하나는 정말…….'

도극성은 서로 나서겠다는 운강 진인과 유운개를 보며 인상을 찌푸렸다. 스스로 화살받이가 되겠다는 희생 정신은 높이 살 만하지만 냉정히 말하자면 그들은 자신의 역량도 제대로 파악하지 못하는 것이었다.

그때 영운설이 뜻밖의 말을 했다.

"선봉은… 제가 서겠습니다."

"무슨 말이오, 군사. 당연히……."

"군사는 지휘를……."

운강 진인과 유운개가 당치도 않다는 듯 고개를 흔들었다.

"제가! 선봉에 섭니다."

딱 잘라 말하는 영운설의 음성엔 위엄이 있었다.

순간, 영운설의 몸 주변으로 은은한 자색이 피어올랐다.

그것이 무엇을 의미하는 것인지 도극성은 몰랐으나 유운개와 운강 진인은 그야말로 대경실색했다.

"자하신공(紫霞神功)!"

"몸 밖으로 기운을 드러낼 정도면 십성 이상의 성취라는 말이 아닌가!"

모든 화산 무공의 근간이 되는 자하신공.

구성의 성취까지는 아무런 표시도 나지 않지만 그 성취가 십성을 넘어서면 몸 밖으로 은은한 자색의 기운이 형성된다. 현재 화산에서도 그만한 실력을 지녔다고 알려진 사람은 전대 문주인 검존 순우관과 현 문주 이진한뿐이었다. 심지어 조만간 문주에 오를 것으로 알려진 한고초(韓孤草)조차도 그 정도는 아니었다.

한데 영운설이, 이제 겨우 약관을 지난 그녀가 십성의 수준을 보여준 것이었으니 유운개와 운강 진인이 놀라는 것도 무리는 아니었다.

실력을 드러냄으로써 논쟁을 종식시킨 영운설이 도극성을 바라보았다.

"제 뒤를 맡아주시겠어요?"

도극성이 고개를 흔들었다.

"아니요. 선봉은 제가 서는 게 좋겠습니다."

"그 문제는……."

"소저의 무공이 강한 것은 저도 압니다. 어쩌면 저보다 강할지도 모르겠군요. 하나, 각 무공엔 특징이라는 것이 있습니다. 저는 화산의 무공이 어떤 특징을 지녔는지 정확히는 모릅니다. 그래도 한 가지는 확실하지요. 제가 익힌 붕천삼식이라는 도법이 강맹함만큼은 최고라는 것을요. 또한 그 효과가 광범위하지요. 뭐, 사부님께서 말씀하시길 천하제일도법이라 하시더군요."

기인이사들이 모래알처럼 널려 있는 무림에서 천하제일 운운한다는 것이 얼마나 오만한 것인지 모르는 사람은 없었으나 그 사부라는 사람이 무명신군임을 알기에 다들 입을 다물고 있었다.

"위험부담이 너무 커요."

"그건 소저도 마찬가지지요."

도극성이 양보할 생각이 없다는 표정으로 어깨를 들썩이자 영운설은 결국 고개를 끄덕였다.

"그럼 부탁드리겠어요."

"맡겨주십시오."

"도 공자님의 뒤는 제가 책임지지요. 어르신들께선 좌우측면을 맡아주세요."

"그리하지."

운강 진인과 유운개가 굳은 표정으로 대답했다.

"후미는……."

"제가 맡겠습니다."

당만우(唐挽禑)가 주머니를 잔뜩 꺼내 흔들며 말했다.

"그래 주시면 고맙지요."

당가에서 유일하게 남은 그의 특기가 암기를 사용하는 것이라는 말을 들었던 영운설이 반색을 하며 말했다.

"머뭇거리는 순간 더 이상의 기회는 없습니다. 믿으세요. 굳은 의지만 있으면 반드시 뚫을 수 있습니다."

영운설이 불안한 눈으로 바라보는 일행에게 말했다.

그녀의 말이 위안이 된 것인지 아니면 죽음을 거부하려는 인간의 본능인지는 모르나 절망에 사로잡혔던 이들의 눈동자에 어떤 의지가 깃들었다.

그사이 명인결을 필두로 암흑마교의 고수들이 코앞까지 다가왔다.

독 안에 든 쥐를 바라보는 듯 여유만만한 모습이었지만 빈틈은 보이지 않았다.

"단번에 뚫어야 합니다. 두 번은 없습니다."

나직이 말한 도극성이 후미로 이동을 했다.

가장 앞서 정면돌파를 해야 할 그가 뒤로 물러나자 다들 의아해하는 모습을 보였으나 영운설이 별다른 반응을 보이지 않자 굳이 이유를 알려고 하지 않았다.

"인원을 보니 보고대로 매복이 제법 효과가 있었던 모양입니다."

강초의 말에 명인결이 고개를 흔들었다.

"그래도 많이 살아남았군. 게다가 피해가 너무 커. 숙살이대의 피해도 생각보다 컸고. 설마하니 백총을 잃을 줄은 몰랐네. 가끔 무모하기는 해도 제법 쓸 만한 놈이었는데 말이야."

"그러게 말입니다. 그 녀석을 위해서라도 위령제(慰靈祭)만큼은 제대로 지내줘야겠습니다. 놈들을 제물로 해서요."

"당연히 그래야겠지. 한데 퇴로가 끊겼으면서도 제법 전의를 불태우는군."

"궁지에 몰린 쥐는 고양이도 무는 법이지요. 마 단주."

강초가 마영성을 불렀다.

"예, 호법님."

"방심은 화를 부른다. 사냥을 즐기되 행여나 방심은 없어야 할 것이다."

"알겠습니다."

그렇잖아도 아끼는 수하를 잃은 마영성이었다.

혈로(血路) 101

어찌하면 가장 잔인하게 복수를 할까 고심 중인 그에게 방심이라는 것이 있을 수 없었다.

"언제고 다시 만날 줄은 알았지만 이렇게 빨리 보게 될 줄은 몰랐구나."
명인결이 영운설에게 웃음을 보이며 말했다.
"그러게요. 가급적 보지 않았으면 했는데요."
"나도 이런 식으로 만나고 싶지는 않았다."
"훗날을 기약할 수도 있지요."
"그러고는 싶다만 명부를 회수해 오라는 명이 떨어졌구나. 그래도 명부를 내준다면 내 아량을 베풀 용의는 있다."
"그 아량이라는 것이 어떤 것인지 궁금하군요."
"무릎을 꿇으면 저절로 알게 될 것이야. 한 가지는 약속하마."
"약속이요? 일단 들어는 보고 싶군요."
"다른 놈들은 몰라도 네 목숨만큼은 보장하겠다."
"과분할 정도의 아량이군요."
영운설의 미소엔 차가움이 깃들어 있었다.
"네 재주를 아껴……."
생사의 기로를 앞에 두고 마치 즐거운 한담이라도 나누듯 부드러운 표정으로 말을 이어가던 명인결의 표정이 갑자기 굳었다.

영운설의 후미에서 쏟아지는 무형의 기운을 감지한 것이다.

그 압박감에 숨이 턱턱 막혔다.

전신의 솜털 하나하나까지 곤두서는 것은 물론이고 온몸이 부르르 떨렸다.

'대체 무슨… 그러고 보니 그놈이 없다.'

지난날 복우산에서 수하들을 도륙하던, 천하제일인을 사부로 두고 무림 초출부터 갖은 화제를 몰고 다니며 암흑마교와 충돌을 했던 괴물. 도극성의 모습이 보이지 않았다.

당황한 명인결이 시선을 돌려 도극성을 찾는 순간, 그는 영운설의 입가에 맺어지는 웃음을 보았다.

'뭔가가 잘못됐다.'

등골이 오싹했다.

그것은 결코 궁지에 몰린 쥐가 보여줄 수 없는 웃음이기 때문이었다.

"타하핫!"

영운설의 후미에서 힘찬 기합성과 함께 허공으로 뛰어오르는 그림자가 있었다.

그 도약력이라는 것이 실로 대단하여 마치 날개라도 단 듯했다.

때를 같이하여 영운설이 명인결에게 쇄도하며 손을 뻗었다.

은은한 향기가 코끝을 스쳤다.

명인결은 그것이 화산파의 절기 중 하나인 난화불수라는 것을 알고 있었다.

피해야 한다는 생각이 들었지만 피하기엔 영운설의 움직임이 너무도 빨랐다.

복우산에서 보았을 때부터 무공을 지녔을 것이라 예상을 했었고 그 실력 또한 상당하리라 여기고는 있었으나 설마하니 이토록 매섭고 날카로울 줄은 상상도 하지 못했다. 게다가 찰나라지만 도극성에게 시선을 빼앗긴 상태에서 당한 기습이라 속수무책이었다.

명인결은 황급히 진기를 끌어올려 난화불수가 목표로 하는 가슴 어귀로 모든 힘을 집중시켰다. 피하지 못하는 이상 피해를 최소한으로 해야 했다.

꽝!

명인결의 몸이 붕 떠오르며 날아갔다.

허공에 뿌려지는 핏줄기, 일그러지는 얼굴, 비명은 없었다.

완벽하게 기습을 했고, 공격을 성공시켰음에도 명인결이 난화불수의 위력을 상당 부분 소멸시켰음을 알기에 영운설의 안색은 밝지 못했다.

'확실히 쓰러뜨렸어야 했는데. 힘을 집중하지 못했구나. 후~ 그래도 당분간은 움직이지 못할 것이니 그나마 다행이라고 해야 하나?'

명인결과 영운설의 충돌이 끝나기가 무섭게 허공으로 도

약을 했던 도극성의 공격이 시작됐다.

우우우우웅!

대기가 흔들린다.

전신에서 미친 듯이 뿜어져 나오는 기세가 손에 들린 칼을 통해 뿌려지니 그 위력은 감히 논할 수가 없을 정도였다.

무명신군이 천하제일이라 자부할 만큼 강맹한 붕천삼식.

그 첫 번째, 섬뢰붕천이 주변을 휩쓸었다.

꽈꽈꽈꽝!!

방금 전, 운두령의 절벽을 날려 버린 폭음과 버금가는 굉음이 천지를 뒤흔들고 더불어 끔찍한 비명 소리가 사방에서 터져 나왔다.

영운설에게 예기치 못한 기습을 당하고 튕겨져 나간 명인결과는 달리 주변에서 그를 수행하다 미처 대응할 틈도 없이 공격에 노출된 흑천전단 대원 셋이 섬뢰붕천의 폭풍에 휩쓸려 그대로 절명하고 말았다.

착지한 도극성이 재차 칼을 휘둘렀다.

두 번째, 뇌정붕천.

벽력의 힘을 담은 도극성의 공격은 그 어떤 대항도 용납하지 않겠다는 듯 맹위를 떨치며 사위를 휩쓸었다.

부딪치지 말고 피하라는 강초의 외침이 없어도 흑천전단의 대원들은 감히 막을 생각을 못하고 뿔뿔이 흩어졌다.

기선을 잡은 도극성이 앞을 향해 내달리고 그의 뒤를 따라 목숨을 건 탈출이 시작되었다.
 도극성은 좌우를 살피지 않았다.
 오직 앞만 보고 달렸다.
 대신 앞에 있는 장애물만큼은 철저하게 부쉈다.
 순식간에 일곱 명의 목숨이 쓰러졌다.
 "이놈!"
 "죽어랏!"
 홀로 날뛰는 도극성을 막기 위해 흑천삼대주 위조민과 부대주 소유가 공격을 해왔다.
 도극성의 시선이 그들에게 향했다.
 시선을 따라 칼이 움직였다.
 맹렬히 소용돌이치며 도극성의 가슴을 노리던 위조민의 장창이 그대로 부러져 나갔다.
 소유의 검 또한 손잡이만 남긴 채 산산조각이 나버렸다.
 "우웩!"
 힘없이 비틀거리며 뒷걸음질치는 위조민과 소유의 눈에 잠깐이나마 공포가 어렸다.
 둘의 합공이면 어지간한 호법들도 감당하지 못했다.
 최소한 패하더라도 이런 식으로 허무하게 승부가 결정되지는 않을 것이다.
 그런데 단 한 번의 충돌로 목숨을 빼앗길 위기에 몰렸다.
 둔탁한 충돌음과 함께 위조민과 소유의 목숨을 끝장내기

위해 움직였던 칼이 처음으로 멈춰졌다.

둘의 목숨을 구한 것은 염라수 간송이었다.

"날뛰는 것도 여기까지다."

간송이 주먹을 내질렀다.

빠르지도, 느리지도 않는 평범한 주먹질.

그 일권에 태산과 같은 힘이 실려 있음을 알기에 도극성의 얼굴에도 긴장감이 어렸다.

그의 눈에 간송의 주먹은 그 어떤 쾌검보다 빨랐고 무수한 변화를 지녔으며 절로 몸을 움츠리게 만드는 기세를 지니고 있었다.

솔직히 호승심도 일었다.

생각 같아선 칼이 아닌 풍뢰신장으로 맞상대를 하고 싶었지만 그러기엔 상황이 여의치 않았다.

섬뢰붕천이 다시 시전됐다.

삼원무극신공으로 다져진 막강한 내공의 힘을 바탕으로 한 도기와 간송이 일으킨 권풍이 허공에서 부딪치며 요란한 충돌음을 일으켰다.

간송의 몸이 휘청거렸다.

도기가 권풍을 찢어발기는 것도 모자라 간송의 전신에 막대한 타격을 입힌 것이었다.

황급히 몸을 틀어 도기의 영향에서 벗어난 간송이 목을 타고 올라오는 울혈을 억지로 억눌렀다.

'이, 이놈. 진짜다.'

도극성의 실력이 뛰어나다는 것은 익히 알고 있었으나 그래도 설마하는 마음이 있었다. 또한 스스로의 실력에 어느 정도 자신감도 있었으나 완전한 오판이었다.

경악을 금치 못하는 간송을 향해 도극성의 칼이 다시 움직였다.

칼끝에서 희뿌연 도기가 주저리주저리 뿜어져 나오며 간송을 압박했다.

자신을 완벽하게 옥죄며 다가오는 도기를 막기 위해 간송은 무려 서른두 번이나 주먹질을 해야만 했다.

그럼에도 완벽하게 막아내지를 못했다.

"으으으으."

힘겨운 신음과 함께 간송의 몸이 마구 흔들렸다.

염라수라는 말이 어울리지 않게 왼쪽 주먹은 완전히 뭉개진 상태였고 멀쩡한 오른손 주먹도 부들부들 떨리고 있는 것으로 보아 정상이 아닌 듯했다.

잠깐 멈추는가 싶었던 도극성의 몸이 또다시 쇄도했다.

간송은 죽음을 생각했다.

한데 도극성의 목표는 그가 아니었다.

양팔을 내리고 죽음을 기다리던 간송을 그대로 스쳐 지난 도극성의 칼은 흑천사대주 이결을 향하고 있었다.

'가, 감히!'

무인으로서 죽음을 부르는 패배는 감수할 수 있어도 치욕만큼은 참을 수가 없었다.
자존심에 상처를 입은 간송이 주먹을 움켜쥐었다.
누군가 비겁하다고 손가락질할지라도 끝을 보아야 했다.
바로 그때였다.
괴성을 지르며 달려들던 간송을 향해 새하얀 빛줄기가 쏘아졌다.
퍽!
간송의 몸이 화살 맞은 토끼처럼 펄떡 뛰었다가 그대로 고꾸라졌다. 그는 자신에게 어떤 일이 일어난 것인지 의식도 하지 못하고 절명하고 말았다.
간송의 목숨을 끊어버린 사람은 다름 아닌 영운설이었다.
방금 전, 도극성에게 부상을 당한 위조민과 소유도 그녀의 검에 목숨을 잃었다.
그녀는 오직 앞만 보며 질주하는 도극성의 뒤를 따르며 그를 보호하고 있었다. 사실, 적진 깊숙이 뛰어든 도극성이 그렇게 날뛸 수 있는 것도 바로 뒤에 영운설이라는 막강한 동조자가 있기에 가능한 것이었다.

第四十二章
매화비영진천하(梅花飛泳振天下)

"물러서지 마라! 막아랏!"

마영성이 핏발 선 눈으로 호통을 쳤다.

싸움이 시작된 지 고작 반 각, 그 짧은 시간에 염라수 간송, 위조민과 소유까지 목숨을 잃었고 무려 삼십 명도 넘는 흑천전단의 정예 또한 목숨을 잃고 말았다.

그럼에도 상대는 멀쩡했다.

온몸을 피로 물들였으나 그 피 역시 본인의 것은 아닐 것이다.

"우웩!"

한 켠에서 싸움을 지켜보던 이결이 한 무더기의 피를 토해

매화비영진천하(梅花飛泳振天下) 113

냈다.

 일그러진 얼굴, 평소 깔끔하기 그지없었던 모습과는 달리 산발한 머리하며 이제는 옷이라고 부를 수도 없이 찢어진 의복이 그가 처한 상황을 말해주고 있었다.

 이결은 자신에게 닥친 현실을 도저히 믿을 수가 없었다.

 사부가 천하제일인이라 해도 제자까지 그럴 수는 없었다. 물론 사부가 사부이니만큼 강할 수는 있었지만 이건 아니었다.

 강해도 너무 강했다.

 "크악!"

 단말마의 비명 소리에 퍼뜩 정신이 들었다.

 자신의 발아래까지 굴러온 사내의 얼굴이 들어왔다.

 이제 겨우 스물이나 되었을까?

 절체절명의 위기에 처한 자신을 살리기 위해 도극성에게 달려든 어린 수하였다.

 꽝! 꽝! 꽝!

 엄청난 굉음이 주변에 울려 퍼졌다.

 자신이 가장 존경하는 단주라도, 철혈의 승부사라는 별호를 가지고 있는 마영성이라 해도 단독으로 도극성을 상대할 수는 없다는 생각이 들었다.

 수하들의 도움을 기대하기도 힘들었다.

 필사적으로 덤비고는 있지만 애당초 수준이 다른지라 괜

스레 피해만 커질 뿐, 포위망을 유지하는 것만으로도 버거워 보였다.
 자신이 해야 했다.
 크게 심호흡을 하는 이결의 기도가 조금씩 변하고 있었다.
 산산조각이 난 자신의 검 대신 어린 수하의 검을 움켜쥔 이결의 눈은 소름이 끼칠 정도로 무심했다.
 '반드시 죽인다.'
 그 대가가 죽음이라는 것에 두려움은 없었다.
 이결의 얼굴이 흑색으로 변하는가 싶더니 전신에서 아지랑이 같은 기운이 모락모락 피어올랐다.
 신체의 잠력을 최대한 격발하여 본신의 능력을 증폭시키는 암흑마교의 마공 마환암흑류.
 비록 복우산에서 적혈신마가 펼치던 것에 비해 손색은 있었지만 그것만으로도 충분했다.
 검과 하나가 된 이결이 대기를 가르며 도극성을 향해 쇄도했다.
 그 속도가 가히 폭발적이었다.
 쐐애애액!
 마영성을 몰아붙이던 도극성이 그 기운을 느끼고 몸을 홱 돌렸다.
 이결의 공격은 이미 코앞까지 육박하고 있었다.
 도극성이 지체없이 칼을 휘둘렀다.

목숨을 담보로 한, 반드시 죽이겠다는 필살의 의지를 가지고, 게다가 마환암흑류로 원래보다 몇 배는 강력한 힘으로 달려드는 이결과 도극성의 칼이 허공에서 부딪쳤다.

꽈꽈꽝!

엄청난 폭음과 함께 충격파가 주변을 강타했다.

"크으."

싸움이 시작된 지 처음으로 도극성의 입에서 신음이 흘러나왔다.

뒷걸음질칠 때마다 땅이 움푹움푹 패었다.

도극성은 정확히 여섯 걸음이나 물러나고서야 비로소 몸의 중심을 잡을 수 있었다.

충돌하는 것과 동시에 산산조각이 난 검의 파편 몇 개가 호신강기를 뚫고 양쪽 어깨에 박혀 있었다.

이결이라고 무사할 수는 없었다. 아니, 애당초 무사하기를 바라는 것 자체가 무리였다.

도극성에게 부상을 입힌 대가로 그는 목숨을 잃었다.

충돌과 동시에 마환암흑류가 깨지면서 그대로 숨이 끊어진 것이었다.

'힘들군.'

거칠게 숨을 내뱉는 도극성의 안색은 너무도 창백했다.

사실, 지금까지 그는 상당히 무리를 했다.

비록 삼원무극신공이 칠단계에 접어들었다지만 그가 펼치

는 무공은 위력만큼이나 가히 상상도 할 수 없는 내공을 필요로 했는데 붕천삼식은 그 정도가 유독 심했다.

 포위망을 뚫기 위해 붕천삼식을 연거푸 펼친 도극성은 심각할 만큼 내력의 소모가 있었다. 특히 간송과의 싸움에선 무리하게 붕천삼식을 펼치느라 다소간의 내상까지 입은 상태였다.

 그런 상황에서 목숨을 도외시하고 덤빈 이결의 공격은 상당히 위협적이었다.

 그리고 또 하나의 공격.

 자신으로 하여금 여섯 걸음이나 물러나게 만들고 호신강기가 흩어지며 이결의 공격에 나름의 성과를 가져다주게 만든 요인.

 도극성이 가만히 옆구리를 쓰다듬었다.

 찢어진 의복 사이로 선홍빛 핏물이 흘러나오고 있었다.

 도극성이 서늘한 시선으로 주변을 훑었다.

 그의 눈에 섬뜩한 미소를 짓는 사내가 보였다.

 "네놈은······."

 "기억나나? 잊지 않았다니 고맙군."

 사내는 황산에서 목숨을 구걸받았던 숙살이대주 마정편, 바로 그였다.

 "겁에 질렸던 그 면상 잊을 수 없지 않을까?"

 "그래, 그랬지."

마정편은 당시 자신을 대신해 죽어갔던 수하들을 떠올리며 한층 더 살기를 끌어올렸다.

"놈! 오늘만을 기다렸다."

말이 끝나기도 전에 마정편의 검이 움직였다.

목을 노리며 일직선으로 쏘아오는 검.

그 속도가 가히 빛살과 같았다.

도극성의 몸이 현란하게 움직였다.

쉭! 쉭! 쉭!

마정편의 검은 하나였으나 도극성의 몸을 노리고 쇄도하는 검의 형상은 수십이 넘었다. 하나, 단 한 개의 검도 도극성의 몸에는 이르지 못했다. 양쪽 어깨의 고통을 참아가며 시전한 폭뢰붕천의 강력한 위력에 모조리 밀려난 것이었다.

마정편의 공격을 완벽하게 무력화시킨 폭뢰붕천의 힘이 도리어 그를 노렸다.

마정편은 그 공격을 피하지 않았다. 오히려 힘의 중심으로 뛰어들었다.

누가 보더라도 섶을 지고 불속에 뛰어드는 무모한 행동이었으나 도극성은 그렇게 생각하지 않았다. 무모함 속에서 어떤 결연함을 본 것이다.

마정편이 회심의 미소를 짓는 것을 본 도극성의 얼굴이 딱딱하게 굳었다.

뇌리를 울리는 한 단어.

'설마, 분신혈화?'

무림에 출도하자마자 처음 그것을 경험했고 황산에서 두 번째로 겪은, 스스로 목숨을 버려가며 상대를 척살코자 하는 잔인하면서도 끔찍한 자폭공격.

그 위력이 어떠한지는 몇 번의 경험으로 너무도 잘 알고 있었다.

피하기엔 늦었다고 생각한 도극성은 즉시 자신이 모을 수 있는 모든 내력을 동원하여 호신강기를 펼쳤다.

문제는 마정편만이 아니라는 것.

마정편이 도극성에게 뛰어들자마자 기회를 엿보고 있던 세 명의 숙살대원이 분신혈화를 펼치며 동귀어진을 노렸다.

'해냈다.'

마정편은 죽음의 순간에서 먼저 간 수하들을 떠올렸다.

복수를 했다는 생각에 몸과 마음이 평온해졌다.

꽝!

도극성의 공격이 마정편을 강타하기 일보 직전, 마정편의 몸에서 거대한 폭발이 일어났다.

꽝! 꽝! 꽝!

연이어 세 번의 폭발이 일어났다.

뼈와 살이 수백, 수천 조각으로 흩어졌다.

극독에 중독된 파편은 그 하나만으로도 최고의 살상력을 자랑하는 암기였다.

"아! 안 돼!"

도극성의 뒤를 따르며 좌우에서 몰려드는 적을 막고 있던 영운설이 놀라 부르짖고, 일순간 모든 이들의 동작이 멈추는 듯했다.

마정편으로부터 이미 분신혈화를 예고받았던 마영성은 마정편과 그의 수하들이 장렬히 산화하는 것과 동시에 도극성을 향해 달려들었다. 만약 도극성이 분신혈화 속에서도 목숨이 붙어 있다면 반드시 끝장을 내야 한다는 마정편의 당부 때문이었다.

마정편의 예상은 정확했다.

도극성은 살아 있었다.

마정편을 비롯하여 그의 수하까지 무려 네 명이 펼친 분신혈화에 당했으면서도 그는 쓰러지지 않았다.

온몸에 헤아릴 수 없을 정도로 많은 파편이 박혀 있었지만 그것들 대부분은 살갗을 뚫지 못했다. 도극성이 일으킨 호신강기가 대부분의 위력을 흡수했기 때문이었다.

그러나 도극성의 상태는 생각보다 좋지 않았다.

무리하게 내력을 모으느라 내상이 더욱 심각해졌고, 그로 인해 과거와는 달리 파편에 실린 독을 막아낼 여력이 없는 것이었다.

"크으으."

도극성의 입에서 고통의 신음이 흘러나왔다.

중독된 것인지 피부색이 점점 흙빛으로 변해가고 있었고 의식마저 혼미해진 듯 두 눈은 초점을 잃고 있었다.

"죽어랏!"

차디찬 일갈과 함께 마영성의 검이 도극성의 목을 향해 짓쳐들었다.

평소라면, 무인의 자존심으로 똘똘 뭉쳐 있던 평소의 마영성이라면 지금과 같은 행동은 있을 수 없었고 오히려 경멸했을 것이다. 하나, 도극성이 보여준 무시무시한 무위는 그로 하여금 선택의 여지가 없게 만들었다. 게다가 분신혈화를 펼침으로써 시신도 남기지 못한 마정편은 비록 사이가 좋지 않았고 어머니가 다르다고는 해도 같은 피가 흐르는 형제였다.

도극성을 잡기 위해 스스로 목숨을 버린 그를 생각해서라도 반드시 명줄을 끊어놔야 했다.

마영성의 공격이 코앞까지 밀려들었음에도 도극성은 움직이지 못했다.

바로 그때였다.

한줄기 섬광이 도극성의 등 뒤에서 날아들더니 마영성의 검을 튕겨냈다.

깜짝 놀란 마영성이 황급히 물러나며 자신의 공격을 막은 상대를 바라보았다.

삼단 같은 머리카락을 휘날리며 천천히 걸어오는 영운설.

그녀가 도극성과 나란히 섰다.

"이제부터는 제가 합니다."

대답이 없었다.

애잔한 눈으로 도극성을 바라보던 영운설이 화산파의 제자 중 사부 양도선을 따라 대정련으로 움직이지 않고 유일하게 남은 사형 진립에게 말했다.

"사형, 도 공자를 부탁해요."

"그, 그래."

진립이 침을 꿀꺽 삼키며 고개를 끄덕였다.

영운설로부터 지금과 같이 무심한 어조를 들어본 적이 없기 때문이었다.

"마, 막아랏!"

마영성이 엉거주춤하고 서 있는 수하들에게 소리쳤다.

정면과 좌우에서 여섯 개의 검이 영운설을 노리며 날아들었다.

스윽.

자신을 향해 밀려드는 공격을 차갑게 바라보던 영운설의 몸이 흔들렸다.

그녀의 동작은 푸른 하늘의 뭉게구름처럼 부드럽고, 드넓은 평야를 휘돌아 도는 강물처럼 유려하며, 사막의 신기루처럼 신비로움을 담고 있었다.

공세에서 단숨에 벗어난 영운설이 매벽검을 들었다.

매벽검이 천천히 움직였다.

검이 움직일 때마다 그녀의 몸 또한 자연스레 변화를 보였다.

마치 춤을 추는 듯 우아하면서도 아름다운 움직임.

춘삼월, 꽃비가 내리듯 그녀의 주변에서 환상처럼 피어오른 매화가 아름답게 흩날렸다.

파스스스스.

검기가 파도처럼 일었다.

사랑하는 연인이 서로의 몸을 탐하듯 부드럽게 휘감고 밀려드는 검기에 마영성의 얼굴이 딱딱하게 굳었다.

"피, 피해라! 도망쳐!"

마영성이 목이 터져라 소리쳤다.

평생토록 단 한 번도 경험해 보지 못한 힘이었다.

확실한 것은 제아무리 용을 써도 자신과 수하들의 힘으로썬 결단코 막지 못하리라는 것.

매화향이 마영성을, 그의 수하들을 부드럽게 훑고 지나갔다.

"크헉!"

"크으으!"

외마디 비명.

들고 있던 검은 흔적도 없이 사라졌다.

목을 잡고, 가슴을 부여잡고 쓰러지는 이들의 눈에는 오로지 두려움뿐이었다.

"으으으으."

간신히 살아남은 마영성이 믿기 힘든 현실에 몸을 덜덜 떨었다.

영운설의 공격에 무려 아홉의 목숨이 날아갔다.

재빨리 물러난 덕분에 목숨은 부지했다.

오른쪽 가슴에 치명적인 부상을 당하기는 했지만 살아남은 것 자체가 기적이라 할 수 있었다.

"세상에!"

도극성의 몸에서 뿜어져 나오는 독기 때문에 오만상을 찌푸리고 있던 진립은 비로소 정확하게 알게 된 그녀의 무공에 놀라 입을 쩍 벌렸다.

"가요."

매벽검을 비스듬히 치켜든 영운설이 도극성을 대신해 전면에 섰다.

*   *   *

"어찌 된 것이냐?"

명정(明整)의 물음에 도열(道烈)이 낙담한 얼굴로 말했다.

"넷째 사제가 당했습니다."

"도참(道懺)이?"

"예."

명정의 얼굴이 참담하게 일그러졌다. 벌써 목숨을 잃은 제자들의 수가 다섯이 넘었다.

"놈은? 넷째를 해한 놈은 잡았느냐?"

"명연(明然) 사숙께서 놈의 팔을 자르기는 하셨지만 워낙 빨리 도주를 하는 바람에 놓치고 말았습니다."

때마침 돌아오던 명연이 붉게 달아오른 얼굴로 말했다.

"쥐새끼 같은 놈입니다. 어찌나 재빠르던지."

"자넨 괜찮은가?"

"예."

"이번에도 역시 같은 살수들입니까?"

비록 배분은 가장 높았지만 명정에게 지휘권을 넘기고 조용히 뒤따르던 운섬이 물었다.

"그런 것 같습니다."

"암흑마교에서 키운 살수들답게 집요하군요. 그나저나 이런 식으로 자꾸 지체되면 안 되는데……. 운강 사형에게선 다른 전갈이 없었습니까?"

"예. 운두령에 접어들었다는 것이 마지막 전갈이었습니다. 놈들이 우리의 발걸음을 늦추기 위해 이리 발악하는 것을 보니 무슨 사단이 나도 난 모양입니다."

"음."

미간을 찌푸리고 잠시 동안 생각에 잠겼던 운섬이 입을 열었다.

"아무래도 제가 앞서 움직여야겠습니다."

"사숙께서요?"

"예. 사질 말대로 문제가 생긴 듯싶습니다. 어쩌면 큰 위기에 빠지셨을지도 모르지요."

"그렇긴 합니다만… 사숙 혼자서 괜찮으시겠습니까?"

"사질들이 뒤따르는데 뭐가 무섭겠습니까? 무리를 할 생각은 없으니까 너무 걱정하지 마십시오."

말은 그리해도 막상 행동은 그렇지 않을 것이다. 그럼에도 명정은 고개를 끄덕일 수밖에 없었다.

운강 진인이 위기에 빠진 것으로 예상되고 최대한 빨리 찾아야 하는 상황에서 운섬의 이동 속도를 따라잡을 수 있는 사람이 아무도 없었다. 또한 도성으로 추앙받는 태을 태사조 이후, 최고의 기재로 평가받는 운섬의 실력을 믿고 있었다.

"그럼 부탁드리겠습니다, 사숙. 저희들도 곧 뒤따르겠습니다."

"알겠습니다. 아, 그리고 살수들의 공격이 앞으로도 계속 있을 것 같군요. 다들 조심해야 할 겁니다."

말을 마친 운섬이 빙글 몸을 돌렸다.

잠시 심호흡을 하는가 싶던 운섬이 힘차게 발을 구르자 흐릿한 잔상과 함께 그의 모습이 순식간에 사라졌다.

무당파의 제자라면 누구라도 익힌다는 기초적인 신법 제운종(梯雲縱). 하나, 비로소 제운종의 진면목을 본 무당파의 제자들은 저마다 탄성을 지를 수밖에 없었다.

*   *   *

 승봉산 남쪽의 이름 모를 협곡.
 도극성과 영운설의 활약에 힘입어 기적처럼 포위망을 뚫고 탈출한 일행이 지친 몸을 추스르고 있었다.
 탈출 과정에서 여섯 명이 목숨을 잃고 현재 남아 있는 인원은 고작 아홉뿐이었다.
 선봉에 섰던 도극성은 심각한 내상과 더불어 극독에 중독이 되었고 강초와 피 튀기는 혈전을 펼친 운강 진인 역시 더 이상의 거동이 힘들 정도로 치명적인 내상을 당했다. 그나마 유운개의 도움이 없었다면 아마도 그 자리에서 목숨을 잃었을 것이다.
 '후~ 운강 진인까지 저리되시다니.'
 운강 진인의 희생이 있었기에, 실력이 부족하다는 것을 알면서도 목숨을 도외시하고 강초를 막아주었기에 그나마 최소한의 피해로 포위망을 빠져나올 수 있었다.
 고통스런 얼굴로 운기를 하는 운강 진인의 모습에 영운설의 입에서 절로 한숨이 흘러나왔다.
 도극성이 사경을 헤매는 마당에 운강 진인과 같은 고수의 부상은 그야말로 치명적인 손실이 아닐 수 없었다.

"후아~"

도극성의 상세를 살피던 당만우가 길게 숨을 토해냈다.

제법 긴장을 한 것인지 이마엔 굵은 땀방울이 송골송골 맺혀 있었다.

"어떤가요?"

"조금 더 지켜봐야겠습니다. 독이 워낙 지독한 것이 돼나서 장담하기가 힘들군요."

"무슨 독이기에······."

"그것 역시 단정할 수 없습니다. 제가 독보다는 이쪽인지라."

당만우가 조금은 민망한 표정으로 허리춤에 달린 주머니를 툭툭 건드렸다. 그러다가 영운설의 표정을 보고는 얼른 말을 이었다.

"추측인지라 확실하지는 않지만 최소한 세 가지의 성분이 섞인 독 같습니다. 하나는 부골독(腐骨毒)이고 다른 하나는 천선지루(天仙之淚)라고 이름과는 달리 아주 지독한 독입니다."

"마지막은요?"

"그게 애매합니다. 절심초(絶心草)에서 뽑아낸 독 같은데 확실하지가 않습니다."

"해독은요? 가능한가요?"

살짝 떨리는 그녀의 음성에서 어떤 기대감을 느꼈지만 당만우는 고개를 흔들 수밖에 없었다.

"제 능력으로는 힘듭니다. 하나 정도라면 모를까 두세 가지의 독이 섞이면 본 가에서도 최소한 의선당이나 용독당에 속한 이들이나 해독할 수 있습니다."

"그렇… 군요."

"그래도 상세가 더 이상 악화되는 것은 막을 수 있습니다. 이미 조치를 취해두었고요."

"그나마 다행이군요. 감사합니다."

"감사는 무슨요. 초성 형님이나 어르신들이 본 가로 돌아가지 않았으면 이따위 독쯤은 문제도 아니었을 텐데요."

혀를 차며 아쉬워하는 모양새가 명색이 사천당가 출신인데 독 앞에서 무기력했다는 것이 몹시 화나는 모양이었다.

"그나저나 이제 어찌할 생각인가?"

유운개가 근심 어린 표정으로 다가왔다. 그 역시 혈로를 뚫고 오느라 온몸에 크고 작은 부상을 당한 상태였다.

"일단은 이곳에서 버틸 생각입니다."

"이곳에서?"

"도 공자나 운강 진인의 상세가 좋지 못합니다."

"그래도 이곳에 있다가 놈들에게 발견이라도 되는 날엔 그야말로 독 안에 든 쥐 꼴이네."

유운개가 병풍처럼 자신들을 둘러싸고 있는 절벽을 바라보았다.

"그만큼 버티기도 쉽지요."

"무당의 지원군을 기다리는군."

"예."

"과연 그때까지 버틸 수 있을까? 이제 우리 중 싸울 수 있는 사람은 군사와 나, 그리고 저 친구 정도뿐일세."

유운개가 남은 암기를 챙겨보는 당만우를 가리키며 말했다.

"주변에 간단하나마 진을 설치했습니다. 쉽게 발견되지 않을 것이고 발견된다 하더라도 어느 정도 시간은 벌 수 있을 겁니다. 다만……."

영운설이 말을 얼버무렸다.

"다만?"

"아니요. 충분히 버틸 수 있습니다. 꼭 버텨야 되고요."

영운설이 약간은 처연한 미소를 흘리자 유운개도 한숨을 내쉬며 고개를 끄덕였다.

'마화염폭. 그 폭발력이라면…….'

영운설은 차마 그 말을 할 수는 없었다.

"진법?"

목소리에 담긴 한기에 전령의 몸이 절로 떨렸다.

"그, 그런 것 같습니다. 흔적은 분명히 남아 있는데 어디에 있는지 도무지 알 수가 없다고 합니다. 강 호법님께서 계속 방법을 강구 중이십니다."
 "어디냐?"
 "남쪽으로 오 리 정도의 거리에 있습니다."
 "알았다."
 자리를 박차고 일어나는 명인결의 눈에서는 살기가 뿜어져 나오고 있었다.
 강초가 있는 곳까지 한달음에 달려간 명인결은 분분히 인사를 하는 수하들에겐 시선조차 주지 않고 강초에게 물었다.
 "어떤가?"
 "난감합니다. 운무를 뚫고 안으로 들어가려 해도 미로처럼 길을 잃게 되고 물리적인 힘을 가해보았지만 통하지 않았습니다. 대정련의 군사라는 아이가 진법을 설치한 것 같습니다."
 "과연. 과연. 대단한 능력이야."
 명인결이 호탕하게 웃음을 터뜨렸다. 하나, 그 웃음에 담겨 있는 분노는 쉽게 감춰지지 않았다.
 명인결이 영운설 등이 숨어 있을 것이라 예상되는 곳을 가만히 응시했다.
 짙은 운무로 인해 한 치 앞도 볼 수가 없었으나 전해지는 기운이 뭔가 묘했다. 비록 눈으로 보이는 것은 아니었지만 몸이, 평생 갈고닦은 예리한 감각이 그곳에 무엇인가가 존재한다는 것을 알려주고 있었다.

"들어가면 전혀 딴 세상으로 변한단 말이지?"

명인결이 검을 들었다.

검에서 희뿌연 검기가 솟구쳐 오르더니 일직선으로 날아갔다.

그뿐이었다.

한지에 먹물이 스며들 듯 그토록 날카로웠던 검기가 운무와 부딪쳐선 흔적도 없이 소멸했다. 살짝 흔들렸던 운무의 흐름도 순식간에 정상을 되찾았다.

"과연 자네의 말이 맞군. 안 되는 것을 알면서 굳이 미련한 짓을 할 필요는 없는 것이고."

간단한 시험을 통해 강초의 말을 확인한 명인결이 품을 뒤졌다.

마화염폭.

이미 복우산에서 그 위력을 떨쳤고, 영운설에게 불안감을 안겼던 물건.

명인결의 입가에 비릿한 미소가 지어졌다.

"이것에도 버틸 수 있는지 궁금하군."

명인결의 손에서 떠난 마화염폭이 운무 속으로 사라졌다.

콰콰콰쾅!

지축을 뒤틀 만큼 거대한 폭발음과 함께 시뻘건 불기둥이 칠 장 높이까지 치솟았다.

잠시 후, 불기둥과 함께 끝 간 데 없이 치솟던 흙먼지가 가라앉기 시작하자 마영성을 필두로 한 흑천전단은 만반의 준비를 갖추고 다가올 변화를 기다렸다.

"예상했던 대로군요."

시야를 흐리게 했던 운무는 완벽하게 걷혔다.

얼마 되지 않는 인원으로 결전의 의지를 다지고 있는 적들의 모습이 드러나자 강초의 눈에서도 혈광이 폭사되었다.

"여기까지였느냐?"

명인결이 걸음을 옮기며 말했다.

"……."

"인사는 잘 받았다. 꽤나 고약하더구나. 덕분에 아끼는 수하들도 꽤 잃었고. 이제는 내가 그 답례를 해줄 차례겠지?"

영운설이 아무런 대꾸도 않자 명인결이 웃음을 지웠다.

"있는 재주를 모두 보여야 할 것이다."

영운설은 매벽검을 곧추세우는 것으로 응답을 보냈다.

자하신공을 운용하는지 그녀의 몸에서 자색 기운이 피어올랐다.

앞으로 살짝 굽혀 내딛은 왼쪽 발에 힘이 모이고 양손으로 부여잡은 매벽검이 눈 높이에서 적을 향해 누웠다.

시선은 명인결에게 고정된 상태.

"생각보다 재밌겠군."

명인결이 기세를 뿜어내기 시작했다.

파스스스스.

불같은 기세가 그의 전신에서, 검에서 뿜어져 나오기 시작했다.

어딘지 모르게 섬뜩하면서 절로 소름이 돋게 하고 나아가 스멀스멀 공포가 피어오르게 만드는 기운은 바로 명인결이 독문검법 천잔혈검류(天殘血劍流)를 시전할 때 나타나는 고유한 특징이었다.

"타하핫!"

웅후한 외침과 함께 명인결의 검에서 피어오른 혈기가 사방을 장악하기 시작했다.

천잔혈검류의 시작을 알리는 첫 번째 초식, 혈류난분(血流亂紛)이었다.

'괴이하다.'

비록 실전은 근래 들어와 해본 것이 전부였으나 어릴 때부터 지금껏 본산의 어른들과 실전과 같은 비무를 수없이 해왔던 영운설은 명인결의 기세가 심상치 않음을 느끼곤 자세를 더욱 굳건히 했다.

우우우웅!

매벽검이 울었다.

영운설의 몸에서, 검에서 피는 자색 기운에 실려 퍼져 나가는 장중한 울림은 경이롭기까지 했다.

"거, 검명(劍鳴)이라니! 세상에, 저 나이에 어찌!"

모든 것을 명인결에게 맡기고 전장에서 십여 장 떨어진 곳에서 둘의 싸움을 흥미롭게 지켜보던 강초의 입에서 비명과도 같은 탄성이 터져 나왔다.
 암흑마교에서도 손꼽히는 고수로 알려진 명인결의 천잔혈검류 앞에서 버티는 것만으로도 대단한 일이라 여기고 있었건만, 검명이라면 버티는 정도가 아니라 어쩌면 그 이상일 수도 있었다.
 강초가 놀라는 것만큼 유운개 역시 기겁을 했다.
 '세상에. 아무리 팔룡이라지만.'
 얼마 전부터 그녀가 무공을 익히고 있다는 것을 알게 되었고 그 실력 또한 대단하다는 것을 느끼고는 있었지만 설마하니 검명을 일으킬 수 있을 정도라고는 상상도 하지 못했다.
 '당금 무림에 검명을 일으킬 수 있는 고수가 과연 얼마나 있을까? 그것도 저리 어린 나이에?'
 아무리 떠올려 보려 해도 그려지는 인물이 없었다.
 그들의 놀라움을 뒤로하고 첫 번째 충돌이 이뤄졌다.
 애당초 탐색전은 있을 수가 없었다.
 아차 하는 순간에 승패가 갈릴 것이기에 혼신의 힘을 다했다.
 엄청난 충격파가 둘을 강타하고 거의 동시에 신형이 흔들렸다.
 영운설의 입가에 피가 보였다.
 그것으로 명인결이 우위에 섰다고 말하기는 힘들었다.

엄밀히 말하자면 양발을 굳건히 딛고 있는 영운설에 반해 무려 다섯 걸음이나 밀려난 명인결이 확실히 밀린 양상이었다.
　"노부가 너를 잘못 보았구나."
　명인결은 진심으로 감탄을 했다.
　"그런가요? 하면 이제부터 제대로 보게 될 겁니다."
　싸늘히 대꾸하는 영운설에게선 가히 일대종사와도 같은 엄청난 기도가 뿜어져 나오고 있었다.

　　　　　　　*　　　*　　　*

　"무량수불."
　운섬의 입에서 나직한 도호가 흘러나왔다.
　언뜻 보기에도 사십여 구가 넘는 시신들이 아무렇게나 널브러져 있었고 그들이 흘린 피와 주인을 잃은 병장기들이 함께 뒹굴면서 치열했던 전장의 모습을 그대로 보여주고 있었다.
　어느 순간 운섬의 몸이 딱딱하게 굳어버렸다.
　그의 시선에 팔다리를 잃고 끔찍한 모습으로 쓰러져 있는 무당의 제자들을 발견한 것이다.
　안면 근육이 고통으로 일그러져 있었고 부릅뜬 눈엔 죽음의 공포가 그대로 남겨져 있었다.

운섬은 그들의 눈을 감겨주며 연신 도호를 되뇌었다. 그리곤 우선 급한 대로 무당파 제자들의 시신을 수습한 뒤 날카로운 시선으로 주변을 살폈다.

 무수한 발자국과 충돌의 흔적 때문에 다소 혼란이 오기는 했지만 전투의 흐름을 쫓아 일행의 방향을 찾는 일은 그다지 어렵지 않았다.

 "늦지 않았기를……."

 나직한 중얼거림과 함께 그의 신형은 이미 바람과 같이 사라졌다.

        *   *   *

 "하아! 하아!"

 명인결이 거친 숨을 내뱉었다.

 어깨는 물론이고 숨을 들이켤 때마다 전신이 흔들림에도 시선은 오직 정면, 매벽검을 곧추세우고 있는 영운설에게 고정되어 있었다.

 싸움이 시작된 지 벌써 일각여, 고고한 모습의 명인결은 사라지고 없었다.

 은백색의 비단 장삼은 누더기로 변한 지 오래고 멋들어지게 길러 뒤로 넘겨 묶었던 반백의 머리카락은 봉두난발이 되었으며 가슴까지 내려왔던 수염은 흙먼지와 마구 엉켜 있어 꼴이 말이 아니었다.

 오른쪽 가슴에서 왼쪽 옆구리까지 이어진 검상은 목숨을 걱정해야 될 만큼 심각했고 살이 뭉텅이로 잘려 나간 허벅지에선 연신 피가 솟구쳤다.

 첫 충돌에서 열세를 보인 명인결은 그것을 만회하기 위해 혼신의 힘을 다해 공격을 했다.

 구초삼십육식의 천잔혈검류.

 비록 그 끝을 보지는 못했지만 명인결은 자신의 독문검법이 천하의 어떤 검법과 비견해도 손색이 없을 것이라 여겼다.

 한데 결과는 믿을 수 없을 만큼 참담했다.

 반 각이 넘는 시간 동안 혈류난분으로 시작해 혈류망혼, 혈류노도로 이어지는 파상적인 공격을 퍼부었지만 우위를 잡을 수가 없었다.

 우위를 잡기는커녕 매벽검에서 쏟아져 나오는 날카로우면서도 부드럽고, 현란한 듯하면서도 우직한 공격에 거의 일방적으로 밀리고 말았다.

 그리고 절체절명의 순간, 명인결이 중심을 잡지 못하고 몸을 휘청거리며 매벽검에 완전히 노출되어 죽음을 생각하게 되었을 때, 그의 체면을 생각해 침묵을 지키고 있던 강초가 끼어들었다.

 강초가 본격적으로 끼어들고 마영성까지 공격에 가담을 하자 싸움은 처음과는 다른 양상을 보이는 듯했다. 하나, 영운설의 강함은 상상을 초월했다.

강초의 음공에 끊임없이 방해를 받으면서, 명인결과 마영성의 합공을 한 몸에 받으면서도 그녀는 그들 모두를 압도했다. 방금 전만 해도 강초의 도움이 없었다면 명인결은 영운설의 공격에 목숨을 잃었을 것이다.

그에 반해 좌측 옆구리와 등 쪽에 약간의 부상을 당하고 의복이 조금 더럽혀졌다는 것을 제외하면 영운설은 처음과 다르지 않았다. 물론 격렬한 싸움이었던 만큼 다소간 문제가 생기기는 했으나 일단 외부로 드러난 모습은 명인결에 비할 바가 아니었다.

'이건 너무 강하지 않은가!'

무심한 눈으로 다음 공격을 준비하는 영운설을 보자 명인결은 가슴이 답답했다.

더 이상 물러설 곳이 없었던 명인결이 마지막 남은 기를 끌어 모아 영운설의 검에 맞섰다.

둘의 검이 막 어울리려는 순간, 강초가 혈옥소를 통해 뿜어낸 음파, 단순한 소리가 아니라 이미 유형의 모습을 갖춘 음파가 짓쳐들자 영운설이 검을 거두고 황급히 몸을 틀었다.

영운설의 옷자락을 스쳐 지나간 음파가 때마침 합공을 하던 마영성에게 날아들었다.

"헉!"

기겁을 하며 땅을 구르는 마영성.

그의 움직임에 맞춰 몸을 틀었던 영운설의 공격이 곧바로 쏟아졌다.

마영성은 목숨을 부지하기 위해 미친 듯이 바닥을 굴렀다.

파파파팍!

마영성을 노린 검기가 간발의 차이로 비껴 나가며 지면에 무수한 상흔을 만들어냈다.

영운설은 이참에 끝장을 보겠다는 듯 거침없이 공격을 이어갔으나 마영성의 죽음을 그대로 두고 볼 리 없는 명인걸의 방해로 어쩔 수 없이 검을 돌려야 했다.

'후~'

영운설이 나직이 한숨을 내쉬었다.

세 명의 합공을 받으면서도 분명히 우위를 점하고 있었다. 그러나 결정적일 때마다 끼어드는 강초의 음공으로 인해 마무리를 짓지 못하고 있었다. 게다가 내색은 하지 않았지만 귓전을 파고들어 온갖 환상을 이끌어내는 음공에 대항하고자 꽤나 많은 심력을 기울여야 했다.

문제는 자신이 그들에게 묶여 있는 동안 일행의 목숨이 위태롭다는 것.

유운개와 당만우가 필사적으로 버티고는 있지만 파상공세를 펼치는 적을 얼마나 막을 수 있을지는 알 수가 없었다.

'빨리 끝내지 못하면 모두의 목숨이……'

영운설의 안색이 딱딱하게 굳어졌다.

분전에 분전을 거듭하던 당만우가 결국 적들의 공격에 천천히 무너져 내리는 것을 본 것이다.

영운설이 피가 나도록 입술을 깨물며 자하신공을 극성으로 끌어올렸다.

상당한 내력을 소모한 지금, 자하신공을 극성으로 끌어올린다는 것은 많은 무리가 있었음에도 선택의 여지가 없었다.

홀로 남게 된 유운개도 언제 쓰러질지 몰랐다.

그녀가 아니면 모두의 목숨이 끝장이었다.

휘류류류류.

그녀를 중심으로 돌풍이 불었다.

칼 같은 기세가 주변을 휩쓸었다.

미친 듯이 땅을 굴러 겨우 목숨을 구한 마영성이 새하얗게 질린 얼굴로 뒷걸음질쳤다.

명인결과 강초도 굳은 얼굴로 영운설의 변화를 지켜봤다.

"매화가 흩날리니……."

영운설의 입에서 꿈결과 같은 중얼거림과 함께 전신에서 일렁이던 기운이 폭발하듯 비산했다.

아울러 매벽검에서 피어오르는 절대적인 기운!

바람이 불었다.

부드럽게 흩날리다 거대한 폭풍이 되었다.

매벽검에서 뿜어져 나온 검기의 폭풍은 빠르게 주변을 잠식해 들어갔다.

주변의 모든 것을 삼키고 동화시키며 명인결에게, 강초에게, 마영성에게 다가들었다.

그 힘 앞에서 더 이상 대항은 무의미하다는 것을 알고 있었으나 그들은 천생 무인이었다. 살아 있는 한 마지막까지 자존심을 지키기 위해 최선을 다하는 이들이었다.

그들은 볼 수 있었다.

자신들이 일으킨 기운이 그녀의 검에서 파생된, 이제는 바라보는 것만으로도 눈이 부신 검기의 향연에 완전히 뒤덮여 버리고 종내엔 소리도 없이 사라져 버리는 것을.

전장을 완전히 휘감은 검기가 모든 것을 휩쓸고 지나갔다.

영운설이 매벽검을 늘어뜨리고 지그시 감았던 눈을 떴을 땐 언제 폭풍이 몰아쳤느냐는 듯 사위는 평온했다.

끝까지 포기하지 않고 대항을 했던 명인결과 마영성은 그 자리에서 절명한 상태였고 부러진 혈옥소를 움켜쥔 강초 역시 거칠게 숨을 몰아쉬다 곧 숨이 끊어졌다.

화산검존이 우화등선을 하며 깨달은 최후의 심득.

화산파 최고의 비전 매화비영진천하는 그렇게 세상에 모습을 드러냈다.

第四十三章
반역(叛逆)의 싹

"몸은 좀 어떠세요?"

운섬이 걱정스런 표정으로 물었다.

"괜찮다. 그나저나 네가 먼 길에 고생이다."

같은 항렬이라 해도 운섬이 여섯 살의 어린 나이로 무당에 입문할 때부터 보아왔고 처음 입문무공을 직접 지도했던 운강 진인은 그를 대함에 있어 제자를 대하듯 스스럼없었다.

"고생은요. 사형을 구하는 일인데 천 길을 마다할까요? 게다가 좋은 공부도 하였고요."

"공부라니?"

운강 진인이 궁금해하자 운섬의 얼굴이 살짝 굳었다.

"화산의 무공을 견식했습니다. 안계가 활짝 펴진 느낌입니다."

"아, 그 얘기였구나. 그래, 네 느낌은 어떻더냐? 대충 말로는 들었다만 네 의견을 듣고 싶구나."

당시 의식을 잃고 있었던 운강 진인은 방금 전, 문병 온 유운개를 통해 영운설의 대단함을 들을 수 있었지만 운섬을 통해 당시의 상황을 보다 정확히 알고 싶었다.

"대단했습니다. 정말……."

그때를 떠올리는지 운섬의 눈이 몽롱하게 풀렸다.

운섬이 전장에 도착한 시점은 영운설이 당만우의 죽음을 목격하고 최후의 승부를 지으려고 결심했을 때였다.

검을 날려 위기에 빠진 유운개를 단숨에 구해내고 노도치럼 밀려드는 적들을 일거에 쓸어버린 운섬은 곧 믿을 수 없는 장면을 보게 되었으니.

"그녀의 검은 실로 무서웠습니다. 천하를 뒤덮을 듯 사방을 휘감고 도는 검기의 물결은 지금껏 들은 적도 본 적도 없었습니다."

운섬의 몸이 살짝 떨렸다.

"그러나 아름답기도 했습니다. 그녀의 움직임 하나하나에 천하가, 만물이 감응하는 것처럼 환상적이었습니다. 그 아름다움에 취해 아무것도 생각할 수 없었습니다."

"그… 정도였더냐?"

운강 진인의 음성이 자신도 모르게 떨렸다.
"예. 한줄기 미풍이 매화향을 실어 멍한 저를 깨웠을 땐 모든 것이 끝나 있었습니다. 그때의 감동을 전 잊을 수가 없습니다."
"감동까지나……."
운강 진인은 말을 잇지 못했다.
눈앞의 운섬이 누구던가?
나이 열다섯에 무당삼검이라 일컬어지는 유운검(流雲劍), 구궁검(九宮劍), 현천검(玄天劍)을 익히고, 약관의 나이에 태청검(太淸劍), 소청검(少淸劍)을 대성해 사부와 사숙들을 경악케 만들더니만 스물다섯에 이르러선 현 장문인이 육십이 넘은 나이에 겨우 대성했다는 조양검(朝陽劍)을 무려 구성까지 익혀 버린 천고의 무재(武才)였다.
한데 그런 운섬이, 사조 태을선인의 뒤를 이을 최고의 기재가, 무당파 최후의 비전 태극만상일여검(太極萬相一如劍)을 완성시키리라 기대를 한 몸에 받고 있는 그가 무당의 무공도 아닌 다른 문파의 무공을 보고 감동을 했다는 것이었다.
"운섬아."
운강 진인이 착 가라앉은 음성으로 불렀다.
"예."
"그녀와 지금의 네가 싸운다면 누가 이길 것 같으냐?"
어찌 생각해 보면 참으로 유치한 질문이었으나 묻지 않을 수가 없었다.

운섬은 일고의 망설임도 없이 대답했다.

"필패(必敗)할 것입니다."

"조양검으로도 안 된단 말이냐?"

운강 진인의 음성이 절로 커졌다.

"예. 힘들어 보입니다. 사제의 짧은 식견으론 그녀의 무공과 대적할 것은 오직 하나뿐입니다."

"혹여 태극… 만상일여검을 말함이더냐?"

"예."

"허!"

태조 장삼봉 이후, 그 누구도 익히지 못했다는 무공.

무림이성이라 추앙받는 태사조 태을선인조차도 고작 칠성의 수준에 머물렀다는 무당파 최후의 비전이 언급되자 운강 진인은 기가 막혔다.

한참 동안이나 놀란 눈으로 바라보던 운강 진인이 정색을 하며 말했다.

"화산의 힘이 이 정도인 줄은 미처 몰랐구나."

"……"

"그렇다고 화산의 저력을 폄하하는 것은 아니다. 단지 이 늙은 사형은 무당의 골이 화산보다 얕다고 생각할 수는 없구나. 어떠냐? 증명해 줄 수 있겠느냐?"

운섬은 아무런 대답도 하지 않았다.

그저 묵묵히 검을, 태을선인이 직접 하사한 설송검(雪松劍)의 우아한 검신을 검지로 천천히 문지를 뿐이었다.
 '그것으로 됐다. 네가 스스로 목표를 세운 한 무당의 검이 꺾일 일은 없을 것이다.'
 운강 진인의 입가에 미소가 지어졌다.
 운섬에게서 어릴 적부터 지금까지 이어온, 어떤 벽이나 장애물을 만났을 때 반드시 뚫어버리겠다는 결연한 의지를 담고 무의식적으로 행하던 버릇이 나왔기 때문이었다.
 "아, 그런데 다른 사람들은 괜찮은 것이냐?"
 "다행히 도 공자는 정신을 차렸지만 수라검문의 제자는 결국……."
 "그랬구나. 그 많던 인원이……."
 운강 진인의 입에서 탄식이 흘러나왔다.
 수라검문의 제자가 목숨을 잃으면서 결국 지옥과도 같았던 함정에서 살아남은 사람은 자신과 유운개, 영운설, 진립, 그리고 도극성, 그렇게 다섯뿐이었다.
 "군사의 부상도 심하다고 들었다."
 "부상보다는 진기의 고갈이 심했습니다만 지금은 어느 정도 수습된 것으로 보입니다. 문제는 도 공자입니다. 정신을 차리기는 했어도 워낙 부상이 심하고 중독까지 된 상태입니다. 급히 태청단(太淸丹)을 복용시켰는데 효과가 있을지는 모르겠습니다."

"태, 태청단을?"

운강 진인이 깜짝 놀라 되물었다.

소림사의 대환단과 비견된다는 무당파의 보물 자소단에 비할 바는 아니더라도 태청단 역시 귀하디귀한 영단이 아니던가.

"어찌 그 귀한 것을?"

"사람 목숨보다 더 귀하겠습니까? 게다가 사형의 목숨을 살린 사람입니다."

"음."

너무도 태연스런 대답에 운강 진인은 딱히 할 말이 없었다.

"한데 사형, 궁금한 것이 있습니다."

"말해보거라."

"듣기로 운창 사형께서 그에게 목숨을 잃으셨다 들었습니다."

"그랬지."

"그게 사실입니까?"

"무슨 의미더냐?"

"이상해서 말입니다. 운창 사형을 해하고 명부를 훔쳐 갔다고 하던 그가 어째서 이런 고생을 하는지 이해가 되지 않습니다."

"목격자가 있었다. 복우산에서 목숨을 잃고 말았지만."

"도진의 이야기라면 저도 들었습니다. 아무튼 쉽게 생각할 문제는 아니란 생각이 듭니다. 어쩌면······."

운섬은 차마 뒷말을 이어갈 수 없었다.

그가 어떤 말을 하고자 하는지 모를 리 없었던 운강 진인의 입에서 절로 한숨이 흘러나왔다.

"기다려 보자꾸나. 명부가 있으니 곧 진실을 알 수 있겠지."

담담히 말을 하였으나 음성만큼은 살짝 떨리고 있었다.

'운창 사형. 부디······.'

두 눈을 지그시 감고 먼저 간 사형을 떠올리는 운강 진인의 가슴엔 두려움이 가득 차 있었다.

　　　　*　　　*　　　*

예당겸의 입에서 흘러나오는, 너무도 담담하여 그것이 과연 사실인가 의심을 할 정도였던 사도천의 몰락 과정을 들으면서도 피가 철철 흐르도록 입술을 깨물며 버티던 장영은 결국 사도천주 사마휘의 장렬한 죽음에 이르러선 치미는 격정을 참지 못했다.

"제가, 제가 있었어야 했습니다."

장영이 흐느끼며 말했지만 예당겸은 단호히 고개를 저었다.

"무의미한 일이다. 전설의 암흑마교다. 그 많은 병력도 천

반역(叛逆)의 싹 151

주도 막지 못한 적. 네가 있었다고 해도 바뀔 것은 없었다."

"하지만……."

"어차피 사도천은 무너졌다. 네가 자책한다고 변하는 것은 아무것도 없다."

"……."

"너의 슬픔과 분노를 모르지 않는다. 하나, 천주께서 내게 사황진경을 주시면서 말씀하셨다. 당신의 싸움은 끝났지만 사도천의 싸움은 끝난 것이 아니라고. 천주님의 말씀대로다. 비록 놈들에게 모든 것이 무너졌지만 네가 있음으로, 사도천의 후계자이자 시황의 후계자로 선택된 네가 이렇게 살아 있음으로 해서 사도천과 암흑마교의 싸움은 아직 끝나지 않았다. 지금부터 시작이다."

"제가… 무엇을 해야 합니까?"

장영의 음성이 한없이 떨리고 있었다.

"우선 사황의 무공부터 완성해야겠지. 암흑마교가 절대의 힘을 지녔다고는 하나 사황의 무공은 능히 암흑마교를 상대할 수 있다. 환혼주의 힘은 얻었느냐?"

예당겸은 장영이 목에 걸고 있는 환혼주를 바라보며 물었다.

"예전과 비교해 상당한 내력의 증진을 보았습니다만 그것이 환혼주의 힘을 얻은 것인지는 잘 모르겠습니다."

"단순히 내력을 증진시키는 역할이 전부는 아닐 것이다. 내가 알기로 환혼주엔 사황의 안배가 깃들어 있다고 했다. 인연이 있다면 반드시 얻을 수 있을 것이다. 하니 너는 믿음을 가지고 일단은 천주께서 남기신 사황진경을 익혀라."

"알겠… 습니다."

장영이 사황진경과 환혼주를 꽉 움켜쥐었다.

"사도천이 무너졌다곤 하나 그 뿌리까지 잘린 것은 아닌 터. 나는 그들의 힘을 규합해 놓겠다."

"놈들이 가만 놔두었겠습니까?"

"사도천을 친 이후, 곧바로 수라검문을 친 것으로 알고 있다. 그쪽까지 눈을 돌리지는 못했을 것이야. 어쨌거나 최대한 빨리 움직여 봐야지."

그러기를 바랄 뿐 예당겸 스스로도 자신하지 못하는 듯했다.

"힘들겠지만 이겨내야 한다. 같이 있어주고 싶지만 상황이 여의치가 않구나. 가급적 빨리 돌아오마."

"알겠습니다."

'후~ 천주께서 네게 실로 큰 짐을 안기셨구나. 그래도 해야 한다. 그게 너의 사명이자 숙명이야. 부디 힘을 내거라.'

예당겸은 안쓰러운 눈으로 장영을 바라보다가 몸을 돌렸다.

예당겸이 떠나고 얼마 후, 잘 버티는가 싶던 장영이 가슴을 부여잡았다.

버틴다고 버텨보았지만, 이를 악물고 참아보려고 했지만 참는다고 참아지는 것이 아니었다.

"으으으!"

반역(叛逆)의 싹

전신의 몸이 부들부들 떨렸다.

손톱이 파고들 정도로 꽉 쥔 주먹으로 화강암으로 이뤄진 동굴의 벽을 몇 번이나 후려쳤다.

마치 광인이라도 된 듯 손과 발을 미친 듯이 놀리는 장영.

손이 움직일 때마다 그 단단하다는 화강암이 쩍쩍 갈라지며 파편이 사방으로 떨어져 나갔다.

살갗이 찢어져 뼈가 보이고, 부서지는 파편과 함께 붉은 피가 흩날려도 그는 멈출 줄을 몰랐다.

"아아아아!!"

가슴이 찢어질 듯 아팠다.

머릿속이 새하얀 백지로 변해 버린 듯 아무런 생각도 나지 않았다.

"컥!"

결국 치미는 화기를 참지 못한 장영이 한 사발이 넘는 울혈을 토해내더니 그대로 바닥에 누워버렸다.

텅 빈 눈으로 천장을 바라보았다.

습기로 눅눅한 천장에 다시는 보지 못할 사마휘의 얼굴이 그려졌다.

'사부님.'

사부는 부드러운 미소로 자신을 바라보고 있었다.

'쯧쯧, 사내놈이 눈물은.'

'제가 언제 눈물을 흘렸다고 그러세요?'

'호~ 이제는 제법 거짓말도 할 줄 알고. 너무 부끄러워하지 말거라. 사내의 눈물은 그만한 이유가 있는 것이니까.'
 '……'
 '내가 너에게 너무 큰 짐을 지운 것이더냐?'
 '아니요. 사부가 내려놓은 짐을 제자가 짊어지는 것은 당연하잖아요.'
 '자신은 있느냐? 놈들은 강하다.'
 '모르셨군요. 제자는 더 강합니다.'
 '아무렴. 누구의 제잔데.'
 '그럼요. 제가 누구의 제자인데요. 철혈사존의 하나뿐인 제자 장영이잖아요.'
 '그래. 영아, 힘을 내거라. 내 너를 항상 지켜봐 주마.'
 사부는 부드러운 미소를 지으며 사라졌다.
 한참 동안이나 바닥에 누워 멍하니 천장을 바라보던 장영이 힘겹게 몸을 일으켰다.
 "사부님……."
 남들에겐 철혈사존이었을지 몰라도 자신에게만큼은 그 누구보다 자애롭고 따뜻한 정을 준 사람이었다.
 장영의 눈에서 뜨거운 눈물이 흘러내렸다.
 눈물은 곧 혈루(血淚)가 되어 볼을 타고 흘러 목에 걸린 환혼주에 점점이 떨어졌다.
 환혼주에 떨어진 혈루가 연기처럼 사라졌다.

반역(叛逆)의 싹 155

잠시 후, 푸른빛을 띠고 있던 환혼주가 점점 붉게 변하더니 붉은 휘광을 뿜어내기 시작했다.
 장영이 환혼주의 갑작스런 변화에 깜짝 놀라는 찰나, 동굴의 끝에서 묘한 기운이 흘러나오기 시작했다.
 그 기운이 어찌나 사이한지 장영이 자신도 모르게 몇 걸음 물러날 정도였다.
 쿠쿠쿠쿵.
 요란한 소리와 함께 한쪽 벽면이 힘없이 무너져 내렸다.
 환혼주에서 뿜어져 나온 빛이 더욱 짙어지고 동굴을 온통 붉은 휘광으로 물들일 즈음 무너진 벽을 통해 세 명의 괴인이 모습을 드러냈다.
 적안(赤眼), 적발(赤髮)에 적미(赤眉).
 심지어 피부까지 붉은 사내들.
 그 옛날, 사람들은 그들을 일컬어 '영혼의 도살자' 혹은 '사황의 칼'이라 불렀다.

　　　　＊　　　＊　　　＊

 "어찌하실 생각입니까?"
 "어찌했으면 좋겠느냐?"
 곽월이 되물었다.
 도극성의 도움으로 간신히 목숨을 구한 곽월은 내상이 완전히 치료가 되지 않은 듯 안색이 창백했다.
"그게……."
풍인은 쉽게 대답하지 못했다.
"네 생각은 어떠냐?"
곽월이 풍인의 곁에선 몽암에게 다시 물었다.
입을 굳게 다물고 잠시 뜸을 들인 몽암이 뭔가 결심을 한 듯 착 가라앉은 음색으로 입을 열었다.
"대사형을 적에게 팔아넘긴 행위는 어엿한 배신입니다. 배신에 대한 대가는 어떤 식으로도 치르게 만드는 것이 초혼살루의 율법이지요."
"하지만 그 상대가……."
풍인이 한숨을 내쉬자 몽암이 단호하게 고개를 흔들었다.
"초혼살루의 율법엔 예외가 있을 수 없어. 설사 그 대상이 루주 자신일지라도."
"이번 일을 꾸민 것은 사대장로야. 루주님과는 관계가 없다고."
풍인이 곽월의 눈치를 보며 말했다.
"아니. 사대장로가 그런 일을 꾸미도록 방조한 사람은 루주야. 최종적으로 결정한 사람 역시 루주였고."
몽암이 곽월의 눈을 직시하며 말했다.
"언제부터인가 루주, 아니, 사부께선 대사형을 견제하셨습니다. 대외적으로야 사대장로의 모략이라고 알려졌지만 그

모략이 통할 수 있었던 것은 사부께서 그만큼 대사형을 경계했기 때문입니다. 대사형을 사부의 자리를, 루주의 자리를 위협하는 적으로 본 것입니다."

"후~ 내가 그리 보였더냐? 난 사부님을 위해 최선을 다했는데."

곽월의 음성이 더없이 쓸쓸했다.

"대사형께선 그리했습니다. 그것에 대해선 한 치의 의심이 있을 수 없지요. 문제는 사부의 그릇입니다. 초혼살루의 루주로서는 분명 뛰어나시나 안타깝게도 대사형을 품을 수 있는 그릇은 되지 못하셨습니다."

몽암의 말은 참으로 신랄했다.

"이제 돌아올 수 없는 강을 건넜습니다. 남은 것은 죽느냐 사느냐 하는 생존경쟁뿐이지요."

"생존경쟁이라… 내가 사부를 이길 수 있을까?"

"물론입니다. 초혼살루 내부에서도 사부보다는 대사형을 따르는 자들이 태반입니다. 게다가 이번 일까지 알려지면 그 인원은 훨씬 많아질 것입니다. 대세는 대사형에게 있습니다."

"그렇게 쉽게만 생각할 것은 아니야. 누가 뭐라 해도 사부는 천하제일의 살수였고 사대장로 또한 마찬가지. 게다가 금혼과 은혼 사형의 실력 또한 무시할 수 없잖아."

풍인의 말에 몽암이 인정한다는 듯 고개를 끄덕였다.

"물론이지. 쉽다고는 생각 안 해. 많은 희생도 따를 것이고. 그래도······."

 몽암이 곽월을 바라보며 힘주어 말했다.

"해야 된다고 봅니다."

"······."

 곽월과 몽암의 뜨거운 시선이 허공에서 얽혔다.

 '반골상이라······.'

 난데없이 떠오른 '반골상'이란 단어에 곽월은 자신도 모르게 피식 웃음을 터뜨리고 말았다.

              *   *   *

"실패했다고?"

"예. 면목없습니다."

"쯧쯧, 무당으로 향하는 인원이 대거 줄었다고 들었건만 한심하기는. 피해는 어찌 되느냐?"

 묻는 하후천의 음성에 짜증이 물씬 묻어나 있었다.

"명인결, 간송, 강초 호법님이 목숨을 잃으셨고 흑천전단 단주 마영성을 비롯하여 작전에 참여하지 않은 흑천이대를 제외하곤 흑천전단 대원 대다수가 목숨을 잃었습니다."

"숙살이대는? 마정편과 수하들을 지원한다고 하지 않았더냐?"

"그들 역시 모조리 전멸을 했습니다."

반역(叛逆)의 싹 159

"허!"

하후천의 입에서 실소가 터져 나왔다.

"당해도 아주 제대로 당했군. 이런 식이면 우리가 사도천과 수라검문을 쓸어버렸다 해도 아주 우습게 알겠어."

"죄, 죄송합니다."

"되었다. 이젠 그 말도 지겹구나."

살벌한 눈으로 신산을 쏘아본 하후천이 조금은 냉정을 되찾은 음성으로 말했다.

"어쨌거나 잠행록을 찾지 못했다면 이제는 암향을 움직여야겠지?"

"예. 정체가 드러나기 전에 최대한의 효과를 얻을 생각입니다. 이미 움직여 상당한 전과를 올린 곳도 있습니다."

"당가 말이더냐?"

"예. 지원을 요청해서 흑영전단(黑影戰團) 일부를 움직였습니다. 우한(禹翰), 호주청(湖株菁) 호법님들께서도 지원을 하실 겁니다."

"그들이? 알았다. 암향을 비롯하여 그 문제는 네게 일임을 하마. 아, 그리고 좌패천은 찾았느냐?"

"소일첨 호법이 최선을 다해 쫓고는 있다는데 좋은 소식은 없는 듯합니다. 오히려 놈들의 매복에 걸려 꽤나 피해를 본 모양입니다."

"쯧쯧, 소일첨이 너무 쉽게 생각한 듯하군. 곧 죽어도 범은

범인 것을."

"게다가 규모가 큰 지부는 모조리 지워 버렸지만 곳곳에서 힘을 결집시키고 있다 합니다."

"몇백 년간 무림을 좌지우지했던 놈들이다. 그만큼 뿌리가 깊고 넓게 퍼져 있을 것이야. 이후, 화근이 될 소지가 다분한 터. 싹까지 잘라야 할 것이다."

"명심하겠습니다."

"사도천은?"

"수라검문과는 달리 별다른 움직임을 보여주지 못하고 있습니다. 아무래도 여러 문파가 연합을 했던 곳이라 본산이 무너진 지금은 그저 제 살길을 찾기 위해 전전긍긍하는 모습입니다. 쉽게 굴복시킬 수 있을 것으로 보입니다. 사혈림은 이미 투항의 의사를 타진해 왔습니다."

"그래?"

하후천이 만족한 미소를 드리웠다.

"어찌 처리할까요? 사혈림뿐만 아니라 벌써 여러 군소문파들이 속속 항복을 해오고 있습니다."

"알아서 기어들어 오겠다는 놈들을 굳이 마다할 필요는 없겠지. 대정련과의 싸움에서 훌륭한 무기가 될 테니까. 하나, 우선적으로 우리에게 대항을 하면 어찌 된다는 것만은 확실하게 보여줘야 할 것이다. 충분히 안전장치도 해야 할 것이고."

"안전장치에 대해선 미리 생각해 놓은 바가 있습니다."

"좋아, 잘하고 있군. 아, 그리고 놈들은 어떠하더냐?"
"예?"
"대정련 말이다. 그자들의 동향은 잘 살피고 있겠지?"
"예. 모든 인력을 가동하여 정보를 수집하고 놈들의 움직임을 면밀하게 주시하고 있습니다."
"잊지 마라. 그 옛날, 무림일통을 눈앞에 둔 우리가 누구에게 당했는지를. 같은 일이 되풀이되어선 절대로 안 될 것이야."
"명심 또 명심하겠습니다."
'쉽지는 않을 것이다.'
하후천은 가슴 한 켠이 다소 답답해짐을 느꼈다.
자신은 있었지만 그것과는 별개로 그들의 저력이, 전 무림에 뻗어 있는 대정련의 뿌리가 얼마나 깊고 넓은지 너무도 잘 알고 있기 때문이었다.

*   *   *

"이곳에서 잠시 쉬도록 하자."
선두에서 사내가 빠르게 내딛던 걸음을 멈추고 말했다.
사내의 뒤에서 죽을상을 하고 따라오던 이들이 무언의 환호성을 지르며 주변 그늘에 아무렇게나 주저앉았다.
오랫동안 이동을 해서 그런 것인지 다들 헝클어진 머리와 의복에 먼지가 뽀얗게 내려앉았으며, 땀으로 번들거리는 얼굴은 피로감이 역력했다.

"대주, 물입니다."

복우산에서 겨우 목숨을 건진 뒤, 천주에게 무명신군의 말을 전하기 위해 잠자는 시간까지 줄여가며 이동을 하던 여몽인이 간단히 목을 축였다.

"시원하군. 좀 쉬어라."

"예."

종종걸음으로 물러나는 수하를 바라보는 여몽인의 시선은 복잡했다.

"'죽림의 사자'라… 도대체 그게 무슨 의미일까?"

복우산에서부터 그의 뇌리를 떠나지 않았던 화두였다.

그 의미를 파악하기 위해서 양팔과 늑골이 모조리 부러져 나가고 치명적인 내상을 당해 사경을 헤매는 갈천수를 수하들에게 맡긴 뒤 그 즉시 귀환을 선택했다.

"내가 잘한 것인지 모르겠구나."

그가 복우산을 떠나기 전, 거기엔 명인결을 비롯하여 여러 호법들과 직속상관이라 할 수 있는 마영성 등이 있었다.

평소라면, 원칙대로라면 그가 듣고 본 모든 것을 상관에게 보고를 해야 했으나 그는 그렇게 하지 못했다. 아니, 하지 않았다는 것이 정확했다.

'왜?'라는 말에는 여몽인 스스로도 답을 할 수가 없었다. 뭔가 모를 불안감에 사로잡힌 본능이 그렇게 시켰기 때문이었다.
 여몽인은 자신도 모르게 흑천전단 부단주 능위소의 얼굴을 떠올렸다.
 그의 무공은 단주 마영성보다 뛰어나다는 소문이 돌 정도로 대단했지만 도존 갈천수와 적혈신마에 비할 바는 아니었다. 애당초 비교 자체가 될 수 없는 것이었다.
 한데 그가 보여준 무위는 그들 모두를 뛰어넘는 것이었다.
 분명 뭔가가 있었다.
 '내 판단이 옳기만을 바랄 뿐이다.'
 스스로 위안을 한 여몽인이 몸을 일으켰다.
 "이동한다."
 바로 그때였다.
 "흑천일대주 여몽인 맞나?"
 난데없는 음성과 함께 다섯 명의 사내가 모습을 드러냈다.
 처음부터 그곳에 함께 있었다는 착각을 하게 할 정도로 자연스러운 움직임에 여몽인의 안색이 딱딱하게 굳었다.
 "누구냐?"
 "그건 알 것 없고. 여몽인이 맞느냐고 물었다."
 "그렇… 다."
 사내가 누런 이를 드러내며 씨익 웃었다.
 "기다리느라 지쳐 죽는 줄 알았다."
 순간, 여몽인의 뇌리가 빠르게 회전하기 시작했다.

'기다려? 나를? 왜?'

"그렇게 놀랄 표정 지을 필요는 없다. 돌아가지도 않는 머릴 굴릴 생각도 말고. 대충 생각한 것이 맞을 테니까."

왜 그런지도 의식하지 못한 채 여몽인의 입에서 본능적으로 한 사람의 이름이 튀어나왔다.

"능… 위소?"

사내가 대답 대신 또 한 번 미소를 지었다.

온몸에 절로 소름이 돋았다.

"조심해랏!"

여몽인의 다급한 외침에 그렇잖아도 경계를 하고 있던 흑천일대 대원들이 일제히 검을 빼 들었다.

사내가 손가락을 까닥이며 말했다.

"죽여."

사내의 명령과 함께 뒤에 섰던 이들이 움직였다.

그들은 마치 물 위를 유영하듯 부드럽게 움직이며 칼을 휘둘렀다.

목표가 되었던 두 명의 흑천일대 대원이 변변한 대항도 하지 못하고 비명과 함께 쓰러졌다.

"크아악!"

수하들의 처참한 비명 소리에 여몽인의 얼굴이 일그러질 대로 일그러졌다.

이동 내내 그를 불안하게 만든 실체가 결국 모습을 드러낸 것이었다.

 무시무시한 힘으로 칼을 휘두르는 적들을 보며 여몽인은 자신과 수하들에게 드리워진 암운이 결코 쉽게 걷히지는 않을 것이란 생각을 했다.

 "아아악!"

 사내들의 날카로운 공격에 적중당한 이들은 외마디 비명을 남기며 힘없이 쓰러져 갔다.

 숫자는 흑천일대가 압도적으로 많았지만 사내들의 공격은 그 숫자를 무의미하게 만들 정도로 대단했다. 몇몇 고참들이 그들의 목숨을 도외시하며 저항을 했지만 사내들의 움직임을 제지하지는 못했다.

 그들은 그 어떤 대항도 용납하지 않았다. 그저 기계적으로 일방적인 도살만을 할 뿐이었다.

 "사, 살려줘."

 두려움에 사로잡힌 이들이 뒷걸음질치기 시작했지만 사내들의 칼에는 조금의 아량도 없었다.

 "으악!"

 "컥!"

 도망치던 흑천일대 대원들의 입에서 비명이 흘러나왔다.

 땅바닥에 얼굴을 처박고 쓰러지는 대원들의 등 뒤에 녹색 수실이 달린 비도가 서너 개씩 박혀 있었다.

 차 한 잔 마실 시간도 되지 않아 스무 명도 훨씬 넘는 흑천일대 대원들이 차가운 시신이 되어 땅에 쓰러졌다.

목숨이 붙어 있는 사람은 여몽인을 비롯하여 고작 두어 명 뿐이었다.

그나마 한 명은 사지가 절단되어 꿈틀거리는 것이 곧 숨이 끊어질 듯 보였다.

"주, 죽여 버리겠다!"

온몸을 피로 물들인 여몽인이 최후의 일격을 날렸다.

수하가 그를 돕고자 나섰다.

그들이 미련없이 목숨을 던지고 싸늘한 주검이 되어 쓰러졌을 때, 여몽인은 간신히 사내의 측면을 파고들 수 있었다. 그리고 필살의 의지를 실어 검을 뻗었다.

'베었다.'

묵직한 감촉이 검을 통해 전달됐다.

"제법이군."

싸늘한 음성과 함께 가슴 어귀에서 불로 지지는 듯한 고통이 느껴졌다.

'실… 패인가?'

여몽인이 사내를 바라보았다.

그는 한쪽 손으로 피가 뭉텅뭉텅 뿜어져 나오는 옆구리를 잡고 고통스런 표정을 짓고 있었다.

"큭큭."

괜스레 웃음이 흘러나왔다.

분노 따위는 일지도 않았다.
죽음을 앞둔 여몽인의 뇌리는 온통 의문으로 가득했다.
'능위소는? 이자들의 정체는 대체 뭐란 말인가?'
여몽인의 눈에서 초점이 사라지기 시작했다.
사내가 칼을 치켜들며 소리쳤다.
"이제 그만 죽어라."
그것이 의식을 잃기 전, 여몽인이 들은 마지막 말이었다.

"어이, 정신 차려."
죽은 듯 감겼던 여몽인의 눈이 천천히 떠졌다.
갑작스레 들어온 빛 때문에 눈살을 찌푸리던 여몽인이 자신의 코앞에 얼굴을 들이민 사내를 알아보는 덴 그다지 오랜 시간이 걸리지 않았다.
"소, 소주!"
여몽인이 기겁을 하며 소리쳤다.
그 음성이 어찌나 크던지 가까이서 여몽인을 바라보던 담사월이 깜짝 놀라 물러났다.
"왜 갑자기 소리는 지르고 야단이야!"
"여, 여기는 어찌… 아, 아니, 놈들은 어떻게……."
"한 가지씩만 물어."
담사월이 손바닥으로 귀를 꾸욱 눌러보곤 말했다.
"우선 내가 여기에 왜 있느냐 하면 사부께서 돌아오라고 하도 난리를 피우셔서 본교로 귀환하는 길이었고, 놈들이라면… 저놈들을 말하는 것이겠지?"

담사월이 가리키는 쪽으로 고개를 돌리던 여몽인은 처참하게 뭉개진 다섯 구의 시신을 볼 수 있었다.

"보는 바와 같이 저렇다. 지독한 놈들이야. 어찌나 죽기 살기로 덤비는지 고생깨나 했어. 이렇게 부상까지 당했고."

담사월이 상처로 깊이 패인 팔뚝을 보여주었다.

"그나저나 어찌 된 겁니까? 이놈들은 대체 누구고요?"

담사월이 홀로 세 명의 사내를 주살하는 사이 고작 두 명을 상대하느라 무려 일곱 명의 수하를 잃은 장운이 무거운 표정으로 물었다.

"놈들의 정체는 나도 모른다. 무슨 이유로 우리를 공격했는지 또한 모르고. 다만……."

"다만? 뭐 짚이는 것이라도 있어?"

담사월의 물음에 잠시 머뭇거리던 여몽인은 복우산에서 벌어진 일에 대해 설명하기 시작했다.

여몽인의 이야기를 들으면서 담사월과 장운 등은 벌어진 입을 다물지 못했다.

죽었다던 천하제일인이 살아 있다는 것도 놀라웠지만 적혈신마와 도존을 비롯하여 수많은 고수들의 합공을 모조리 물리쳤다는 무위에 대해선 단순히 놀라움을 넘어 어떤 경이로움까지 느꼈다.

반역(叛逆)의 싹 169

하지만 이야기의 흐름이 능위소로 넘어갔을 때 담사월의 얼굴은 심각하게 굳어 있었다.

"그러니까 능위소의 정체가 '죽림의 사자'였단 말이야? 혹 천전단 부단주가 아니라?"

"예."

"게다가 무공이 적혈신마 어르신을 능가할 정도였고?"

"그렇습니다."

"그게 말이 돼? 능위소라면 나도 알아. 약하지 않은 인물이야. 그가 강하리라 예상은 했어. 그렇지만 그 정도는 아니었다고."

담사월이 언젠가 연무장에서 수하들을 지도하던 능위소의 모습을 떠올리며 고개를 흔들었다.

"제가 두 눈으로 똑똑히 보고 들은 일입니다."

"미치겠군."

담사월이 답답함을 이기지 못하고 웃옷을 마구 흔들어댔다.

"소주."

장운이 담사월을 불렀다.

"왜?"

"놈들에게서 이런 것이 나왔습니다."

담사월이 그에게서 건네받은 것은 옥으로 깎아 만든 조그만 신표였다.

"이게 뭐……."

신표의 의미를 알아본 담사월의 표정이 딱딱하게 굳었다.

"이게 왜 이런 곳에 있는 것이지?"

애당초 신표의 정체를 아는 사람은 오직 그뿐. 아무도 대답하는 사람이 없었다.

"몇 개나 나왔지?"

담사월이 신표를 뚫어져라 응시하며 물었다.

"우두머리로 보이는 놈에게서만 나온 듯합니다."

"그래? 흠."

담사월이 잠시 생각에 잠기자 장운이 조심스레 질문을 던졌다.

"그게 무엇입니까? 무엇이기에……."

담사월은 대답 대신 여몽인에게 시선을 돌렸다.

"무명신군의 얘기를 누구에게 한 적이 있어? 따로 보고를 올렸다거나."

"다른 사항에 대해선 급히 보고를 하였으나 그가 천주님께 전하라고 한 내용은 아직… 수하들에게도 함구령을 내렸습니다."

"어째서 그런 것이지?"

"왠지 그래야 할 것 같았습니다."

여몽인의 눈을 가만히 살피던 담사월이 고개를 끄덕였다.

"새어나갔을 가능성은?"

"절대로 없습니다."

여몽인이 단호하게 소리쳤다.

"그렇게 자신하지는 말라고. 새어나가지 않았으면 이놈들이 네 목숨을 노릴 이유도 없었으니까."

뭐라 반박을 하려 했던 여몽인은 싸늘하게 가라앉은 담사월의 눈동자를 보곤 그대로 입을 다물었다.

누가 뭐래도 암흑마교의 후계자. 아니라면 아닌 것이다.

'어째서 투밀단의 신표가 놈에게서 나온 것이지? 게다가 자색이면 수뇌급이라는 얘긴데.'

신표를 만지작거리는 담사월의 눈동자가 영활히 움직이기 시작했다.

'능위소가 스스로 '죽림의 사자'라 했다는데 대체 그가 말한 '죽림'이 무엇이란 말인가? 단체인가? 아니면 비밀 세력?

현시점에선 아무것도 알 수가 없었다.

한 가지는 확실했다.

'이거야 원. 잠행록 운운할 때가 아니잖아. 본교에도 쥐새끼들이 숨어 있었어. 그것도 아주 커다란 몸통을 지닌 쥐새끼들이. 감히!'

담사월의 눈에서 마주하기 힘들 정도로 살벌한 기운이 폭사되었다.

第四十四章

초혼살루(招魂殺樓)

 암흑마교의 함정을 돌파하기 위해 도극성은 혼신의 힘을 다했다. 일반적인 상식으로도 최소한 한 달은 정양해야 할 치명적인 내상을 당했으며 쉽게 치료할 수 없는 독에 중독되기도 했다.
 운섬이 태청단을 복용시키고 영운설 등이 최선을 다해 그를 살피려 하였으나 좀처럼 차도가 없었다.
 결국 모두가 포기했을 때, 방법이라곤 오직 최대한 빨리 당가로 사람을 보내 독의 치료법을 알아보는 것이라 체념하고 있을 때, 도극성의 몸에선 그들이 감히 상상도 할 수 없는 일들이 벌어지고 있었다.

도극성의 단전에는 거대한 힘이 잠들어 있었다.

그 옛날, 타고난 절맥을 고치고자 무명신군은 그에게 공청석유에 대환단과 마령단, 사정, 태을신단을 비롯하여 금관해룡의 뿔까지 무림인들이 꿈에서라도 한 번 구경해 보기를 원하는 영단, 영약을 모조리 복용시켰다.

절맥을 치료하고 기경팔맥에 은밀히 잠재해 있던 그 힘들은 도극성이 음양석에 앉아 삼원무극신공을 운기하는 과정에서 모습을 드러내어 그에게 생사현관의 타동이라는 기연을 안겨주었지만 대다수의 힘은 단전에 뭉쳐 있었다.

그 힘을 얻기 위해 도극성은 매일같이 삼원무극신공을 운기했는데 다행히 초혼잠능대법과 맞물려 상당한 효과를 보았다. 특히, 무석영가에서 벌어진 참상을 겪은 뒤, 그는 또 한 번의 각성으로 인해 많은 힘을 얻었지만 그의 몸엔 여전히 엄청난, 평생을 노력해도 얻지 못할 무한한 힘이 잠들어 있었다.

바로 그 힘이, 도극성이 엄청난 내상과 중독으로 의식을 잃고 있는 사이 본능적으로 움직인 것이었다.

"후아~"

깊은숨과 함께 운기를 마친 도극성의 눈이 천천히 떠졌다.

정기 어린 눈빛, 밝은 안색이 언제 부상을 당했냐는 듯 건강해 보였으며 중독된 흔적도 찾기 힘들었다.

"크으."

도극성이 자신의 몸에서 배출된 땀 냄새를 맡으며 얼굴을 찡그렸다.

지독했다. 마치 시궁창에 코를 박고 있는 듯한 느낌이었다.

그러나 며칠간 무던히도 괴롭히던 독을 몸 밖으로 몰아낸 지금 몸과 마음은 날아갈 듯 상쾌했다.

운두령을 벗어나고 정확히 닷새가 지나 일행이 무당산 초입에 접어들 때 도극성은 마침내 모든 내상과 중독현상을 치유하고 정상적인 몸을 되찾았다.

"도 공자님."

도극성이 운기조식을 마치기를 기다렸다는 듯 그를 부르는 음성이 있었다.

도극성이 방문을 열었다.

문밖에서 그를 부른 사람은 진립이었다.

"진 형이군요. 어서 오십시오."

도극성이 밝은 웃음으로 그를 맞이했다.

도극성은 의식을 잃은 자신을 등에 지고 끝까지 지켜낸 그를 생명의 은인으로 여겼다.

"사매가 찾습니다."

"영운설 소저께서요?"

"예."

"금방 간다고 전해주십시오. 제가 몸이 이래서."

도극성이 악취가 나는 땀을 가리키며 멋쩍은 미소를 지었다.

"그리 전하겠습니다."

진립이 시원한 웃음과 함께 사라지자 도극성은 미리 준비해 놓은 물에 황급히 몸을 씻은 뒤, 영운설의 처소로 발걸음을 옮겼다.

"어서 오세요."

영운설이 반가이 그를 맞았다. 한데 그녀의 처소를 방문한 사람은 그만이 아니었다.

운강 진인과 운섬, 유운개 등이 그를 기다리고 있었다.

도극성이 그들에게 간단히 예를 표하고 자리에 앉자 영운설이 부드러운 미소를 지으며 물었다.

"몸은 괜찮으신가요?"

"예. 내상도 말끔해졌고 독도 깨끗이 몰아냈습니다."

"정말 다행이군요."

영운설이 안도의 한숨을 내쉬었다.

"소저와 모든 분들이 걱정해 주신 덕분입니다."

"쾌차했다니 다행이다."

유운개가 약간은 퉁명스런 음성으로 말했다.

늘 도극성을 의심하고 못마땅해했던 유운개였지만 지난

싸움에서 도극성이 보여준 헌신과 노력, 또 엄청난 무위를 보면서 내심 그를 인정하고 있었다.

"진정 놀랍군. 지금껏 자네처럼 엄청난 회복력을 지닌 사람을 본 기억이 없다네."

운강 진인의 감탄에 운섬도 고개를 끄덕였다.

"다들 어찌해야 할지 모르고 있었는데 설마하니 이렇듯 빠르게 회복하실 줄 몰랐습니다."

"태청단의 힘이 컸습니다. 다시 한 번 감사드립니다."

"무슨 말씀을요. 태청단이 내상을 다스리는데 다소 효과가 있기는 하지만 이 정도는 아닙니다."

운섬이 당치도 않다는 표정으로 손사래를 쳤다.

그렇게 화기애애한 대화가 몇 번을 오갔을 즈음, 엷은 미소로 그들을 지켜보던 영운설의 입가에서 웃음이 사라졌다.

도극성이 갑작스레 돌변한 분위기에 당황할 때 영운설이 심각한 어조로 입을 열었다.

"도 공자께서 부상 치료에 전력하실 때 홀로 작업을 했습니다."

그 작업이 무엇을 의미하는지 금방 눈치 챈 도극성이 황급히 물었다.

"성과가 있었습니까?"

"예. 있었습니다."

영운설이 운강 진인을 흘긋 바라보았다.

운강 진인과 운섬의 안색은 더없이 무거웠다.

"사흘 전, 도 공자님께 씌워졌던 누명은 벗겨졌습니다. 무당파의 오해는 풀렸습니다."

"그렇… 군요."

"무량수불! 설마하니 운창 사형께서 암흑마교의 간자이실 줄이야."

운섬이 분노보다는 안타까운 표정으로 말했다.

두 눈을 질끈 감은 운강 진인의 눈썹이 파르르 떨렸다.

"오해해서 미안했다. 하지만 당시 상황이 조금 묘했다. 네가 이해를 허거라."

사과라고 하기엔 어딘지 어색한 말.

유운개의 안색이 살짝 붉어지는 것을 본 도극성이 너털웃음을 터뜨렸다.

"괜찮습니다. 어르신 말씀대로 그때는 상황이 그랬지요."

"험험. 이해를 해주니 고맙구나."

유운개가 무안함을 참지 못하고 얼른 고개를 돌렸다.

"노도도 사과를 하겠네. 자네를 의심해서 미안하네."

운강 진인이 머리를 숙여 사죄를 했다. 어느새 말투도 정중하게 변해 있었다.

"아닙니다. 유운개 어르신 말씀대로 당시 충분히 오해를 살 만한 상황이었습니다. 한데……."

너무도 정중한 운강 진인의 사과에 불편함을 느낀 도극성이 재빨리 말을 돌렸다.

"무당뿐이었습니까?"

영운설이 무겁게 고개를 흔들었다.

"아니요. 아미에도 있었고 공동에도 있었어요. 개방에도……."

"내 그놈을 단숨에 때려죽이고 말 것이다!"

유운개가 흥분하여 소리쳤다.

"수라검문에도 사도천에도 있었지요. 그리고… 어젯밤엔 당가의 간세도 밝혀냈어요."

"당가의 간세요? 그게 누굽니까?"

도극성이 화들짝 놀라며 되물었다.

"조일곤(趙溢滾)이라는 이름이었습니다."

누군지 알 리가 없었다.

도극성이 두 눈만 끔뻑거리자 유운개가 한마디를 거들었다.

"당가엔 독의 활용에 있어 사(死)와 활(活)을 전문적으로 연구하는 두 집단이 있다. 죽음을 연구하는 곳이 바로 용독당이고, 아, 기억하느냐? 지난번에 우리와 함께 움직였던 당철이 바로 용독당 당주다."

도극성이 꽤나 인상이 무서웠던 중년 사내를 떠올리며 고개를 끄덕였다.

"독으로써 사람을 살리고자 하는 연구를 하는 곳이 의선당이다. 조일곤이 바로 그 의선당의 현 당주지."
"의선당이라면……."
굉장히 친숙한 단어에 고개를 갸웃거리던 도극성의 뇌리에 불현듯 떠오르는 것이 있었다.

"의선당주에게서 연락이 왔다."

'그다. 초성 형님께 서찰을 보낸 사람.'
도극성이 자리에서 벌떡 일어났다.
"왜 그러세요?"
영운설이 두 눈을 동그랗게 뜨며 물었다.
"당가의 간세가 조일곤, 의선당주가 틀림없습니까?"
"예. 틀림없습니다."
도극성의 안색이 창백해졌다.
"당가에 가봐야겠습니다."
"예? 갑자기 무슨… 당가의 간세에 대한 문제는 추후 수하들을 움직여 당 대공자께 연락을 드릴 생각입니다만."
"아니요. 늦습니다."
"늦… 다니요? 혹여?"
영운설도 뭔가를 느낀 듯 봉목을 치켜떴다.
"예. 초성 형님께서 갑자기 당가로 돌아가신 일에 의선당주가 개입되어 있습니다."

도극성의 말이 떨어지기가 무섭게 좌중에서 안타까운 탄성이 터져 나왔다.

"의선당주라는 놈이 암흑마교의 간세고 그런 놈이 사천은현을 불러들였다? 당가에 무슨 일이 벌어져도 단단히 벌어진 모양이군."

유운개의 말에 아무도 반박을 하지 않았다.

"아직 당가에 도착하지 않았을 겁니다. 그전에 제가 최대한 빨리 소식을 전하겠습니다."

"가능하겠나? 군사가 구축한 정보망이 얼마나 신속한지는 모르겠지만 힘들지 않겠나?"

"그래도 해봐야지요."

영운설도 약간은 자신없는 음성이었다.

"아무래도 제가 가봐야겠습니다."

도극성이 당장에라도 떠날 듯 서두르자 영운설이 잠행록을 꺼내 들었다.

"이걸 도성께 전해 드려야 하지 않나요?"

"제가 소저를 믿고 잠행록을 맡긴 순간부터 이미 제 소관이 아니었습니다."

"하지만······."

"부탁드리겠습니다. 비록 짧은 시간의 만남이었지만 초성 형님과 나눈 인연이 적지 않습니다. 형님이 위기에 빠졌다는데 두고 볼 수는 없는 노릇이지요."

도극성의 의지가 확고한 것을 확인한 영운설은 결국 한숨을 내뱉으며 고개를 끄덕이고 말았다.

"알겠습니다. 공자님의 뜻이 정 그렇다면 잠행록을 도성께 전해 드리는 일은 제가 맡겠습니다."

"고맙습니다. 하면 저는 소저만 믿고 떠나도록 하겠습니다."

도극성은 영운설 등에게 다급히 인사를 하곤 분분히 자리를 떴다.

"허 참. 도대체 뭐가 어떻게 돌아가는 것인지."

유운개기 고개를 절레절레 흔들었다.

'조심하세요.'

영운설이 점점 멀어지는 도극성을 바라보며 조용히 기원했다.

   *   *   *

툭!

초혼살루의 이인자 백로의 발밑으로 시꺼먼 물체 하나가 굴러떨어졌다.

그것이 자신의 애제자이자 장차 초혼살루의 루주로 만들 것이라 여기고 있던 영전(英電)의 수급이라는 것을 알았으면서도 백로는 움직이지 못했다.

어둠 속에서 그를 겨누고 있는 날카로운 검, 싸늘한 눈빛이 그의 움직임을 막고 있었기 때문이었다.

"무슨 짓이냐?"

"대장로께서 더 잘 아시리라 믿습니다만."

어둠 속의 사내, 풍인이 조용히 대답했다.

"반역을 하겠다는 말이냐?"

"먼저 칼을 들이민 사람은 대장로지요. 우린 그저 살기 위해 움직일 뿐입니다."

"흥, 반역에는 늘 이유가 있는 법이지. 그래, 어디까지 진행되었느냐? 나에게 직접 올 정도면 꽤나 자신있었던 모양인데."

풍인은 입가에 미소를 짓는 것으로 답을 대신했다.

하나, 그 와중에도 그의 눈은 오직 백로에게 고정되어 있었다. 상대가 어떤 인물인 줄 너무도 잘 알기에 한 치의 빈틈도 주지 않는 것이었다.

"루주께는 누가 갔느냐?"

"생각하시는 인물이 갔습니다."

"춥, 역시 반골상은 어쩔 수 없군. 제 부모와 같은 루주를 칠 생각을 하다니 말이야."

"자식을 죽이려는 부모는 없는 법입니다. 설사 주변의 간악한 꼬임이 있다고 해도 말이지요."

"루주에 대한 충정이 너희에겐 간악한 꼬임으로 보였구나.

어쨌건 시작이 되었으니 끝은 보아야겠지?'

말이 끝나기가 무섭게 침상 좌우측의 문이 박살나며 두 명의 사내가 방 안으로 뛰어들었다.

풍인이 뒤로 물러나고 그사이 무기를 잡아 든 백로의 눈에서 한광이 뿜어져 나왔다.

"네놈은 처음이자 마지막 기회를 잃었다."

"과연 그럴까요?"

비웃음이 섞인 풍인의 말에 백로의 눈에 의문이 깃들고 그와 동시에 그의 좌우에 섰던 이들의 검이 백로의 옆구리를 파고들었다.

"크헉!"

외마디 비명과 함께 비틀거리는 백로.

믿을 수 없다는 눈으로 자신을 공격한 두 사내를 보았다.

"너, 너희들이 감히……."

백로는 말을 잇지 못하고 고개를 떨구고 말았다.

그의 가슴에 검을 박아 넣으며 마무리를 지은 풍인이 핏물이 뚝뚝 떨어지는 검을 거두며 조용히 읊조렸다.

"대세는 이미 기울었습니다."

"커억!"

"윽!"

세 명의 살수가 변변한 대항도 못한 채 각기 목과 가슴을 부여잡으며 쓰러졌다.

 그들의 죽음으로 공격의 시간을 번 동료들이 날카로운 역공을 퍼부었으나 그들이 벤 것은 그저 잔상에 불과한 것.

 흡사 귀신과도 같은 몸놀림으로 공격을 피해낸 몽암의 검이 그들의 뒷덜미를 노리고 있었다.

 짧은 비명과 함께 몽암을 공격했던 두 명의 살수가 그대로 꼬꾸라졌다.

 쓰러진 그들의 뒤통수에서 뜨거운 피가 조금씩 흘러나오고 있었다.

 눈 깜짝할 사이에 다섯 명의 살수를 잠재운 몽암 앞에 한 사내가 모습을 드러냈다.

 금혼이었다.

 그는 싸늘한 주검으로 변한 이들을 보며 한숨을 내쉬었다.

 "결국 이렇게 되었구나."

 "그쪽에서 원한 일입니다."

 "알고 있다. 사부를 말렸어야 했어. 강물의 흐름은 억지로 막는다고 막아지는 것이 아니었는데……."

 "이미 늦었습니다. 하지만 사형께서……."

 "쓸데없는 소리는 하지 말아라."

 비록 뜻이 달라 검을 마주하는 사이가 되었으나 금혼은 초혼살루의 대사형이라 불리는 곽월조차도 사형이라 부르며 존중하는 상대.

몽암이 정중히 고개를 숙였다.

"죄송합니다."

"괜찮다. 네 제안을 받아들일 수가 없어 오히려 미안하구나."

몽암은 굳었던 금혼의 표정이 부드럽게 풀리는 것을 보며 검을 고쳐 잡았다.

"하면 이제 가주셔야겠습니다."

"그렇게 쉽지는 않을 것이다."

"피하셔야 합니다."

은혼의 표정엔 다급함이 어려 있었다.

"내가 왜 피한다는 말이냐!"

노호성을 터뜨리는 음곡의 눈은 분노로 이글거리고 있었다.

"그, 그것이 아니오라 현재 상황이……."

은혼이 말을 더듬자 음곡이 짜증을 냈다.

"됐다. 적로가 너를 이곳에 보냈다는 것만으로도 어떤 상황일지 이해가 가는구나. 그래. 녀석은 강하다. 사부인 내가 모르면 누가 알겠느냐? 어쩌면 나의 실력을 뛰어넘을지도 모르지. 아니, 뛰어넘었을 것이다. 그렇지만 말이다."

음곡의 전신에서 은혼으로선 상상도 하지 못할 살기가 뿜어져 나오기 시작했다.

"난 초혼살루의 루주다. 천하제일살수 묵운혈월 음곡. 한데 지금 나보고 피하라는 것이냐? 제자가 무서워서?"

가히 서릿발 같은 말에 은혼은 입을 열 수가 없었다.

'예. 그렇지요. 묵혈이란 별호가 루주님에게서 나온 것임을 어찌 모르겠습니까? 그러나 상대는……'

곽월과 함께 어려서부터 함께 살예를 익혔고 그의 실력을 바로 곁에서 지켜보았던 은혼은 나직이 한숨을 내쉴 수밖에 없었다.

"그렇게 한숨까지 내쉴 필요는 없다. 네가 걱정하는 의미를 알고 있으니까. 하니 이만 물러가거라."

"루주님."

"녀석은 나를 기다리고 있다. 그렇지 않느냐?"

음곡의 시선이 어깨 너머로 향하자 은혼의 몸이 순간적으로 돌아갔다.

한 여인이 서 있었다.

초혼살루의 십대살수 중 은신술만큼은 곽월을 능가한다는 은비(隱秘)였다.

"너까지 녀석에게 붙었느냐?"

음곡이 물었다.

"……"

"녀석은 어디에 있느냐?"

"조사전에서 루주님을 기다리고 계세요."

"조사전에서? 훗, 멋을 내고 싶은 모양이군."

피식 웃음을 터뜨린 음곡이 은비의 곁을 지나가려 할 때였다.

"대사형께서 정말 반역을 꿈꿨다고 생각하시나요?"

은비의 말에 음곡이 걸음을 멈추었다.

"아니더냐?"

"정말 그렇다고 생각하신 건가요?"

"글쎄다. 어찌 되었건 너무 늦었다는 생각이 드는구나."

냉정히 말을 끊은 음곡이 몸을 돌리자 은비의 입에서 가녀린 탄식이 흘러나왔다.

"루주의 믿음이 부족하셨던 겁니다. 제가 아는 한 대사형은 그런 사람이 될 수 없습니다."

은혼이 냉소를 보냈다.

"과연 그럴까? 사부께서 말씀하시길 그는 반골상을 타고났다고 했다."

"그럴까요? 그래서 사부란 사람은 어려서부터 충성을 다 바쳤던 제자를 죽이려고 한 것이고 반골상임을 모를 리 없는 어릴 적 친구는 자신의 목숨을 걸고 살리려고 했군요. 세인들 말에 따르면 반드시 배반을 한다는 반골상을요. 서글픈 일이네요."

은혼이 신경질적으로 소리쳤다.

"쓸데없는 말은 그만두고 덤벼라."

"싸워야 하나요?"
"아니면 그냥 보내주겠느냐?"
"그러고 싶지만 상황이 그럴 수가 없게 만드는군요."
"그러니까 말장난 그만두고 덤비라니까."
은비가 한숨을 푹 내쉬며 말했다.
"사형을 죽여야 한다니 참 슬프네요."
말과는 달리 점점 표독하게 변하는 그녀의 얼굴엔 슬픔 따위는 없었다.
너무도 무심하여 소름까지 끼치는 얼굴.
'빌어먹을.'
그녀가 그런 표정을 지을 때가 가장 무섭다는 것을 너무도 잘 알고 있던 은혼은 자신도 모르게 욕설을 뱉고 말았다.

무림인들로부터 손가락질을 받을지언정 그래도 삼백 년의 전통을 지닌 초혼살루의 조사전.
나름 고풍스런 분위기로 지어진 조사전 안쪽, 곽월이 조사들의 위패가 모셔진 제단 앞에 무릎을 꿇고 있었다.
차가운 바람과 함께 지그시 감았던 눈이 천천히 떠졌다.
'결국… 오신 건가.'
아무리 은밀히 움직여도 칼날과 같이 잘 벼린 감각을 피하지 못한 판에 뚜벅뚜벅 걸음을 옮기는 음곡의 존재를 눈치 채지 못할 곽월이 아니었다.

음곡이 오지 않기를 간절히 바랐던 듯 곽월의 눈동자가 안타깝게 흔들렸다.

조사전에 들어선 음곡은 옷깃에 묻은 이슬을 간단히 털어낸 후, 조사들의 영전에 일일이 향을 올렸다.

곽월은 음곡의 경건한 행사를 방해하지 않기 위해 숨소리조차 감추었다.

음곡이 그의 사부이자 곽월의 사조에게 마지막 향을 올린 후 천천히 몸을 돌렸다.

곽월은 여전히 무릎을 꿇고 있었다.

"너무 오래 기다리게 했구나."

"괜찮습니다."

"십 년이었던가? 네가 처음 이곳에 발을 디딘 것이 말이다."

"예."

"빠르게 흘렀어."

"……."

음곡의 손이 품에 들어가자 곽월이 본능적으로 몸을 움츠렸다.

"허, 아직은 아니니 너무 놀라지 말거라."

너털웃음을 흘린 음곡이 품에서 꺼낸 것은 조그만 술병이었다.

"너와 나, 인연을 정리하는 마지막 자리에 술 한 잔이 없을 수는 없지 않느냐? 그래서 준비했다. 한잔하려느냐?"
"예."
음곡이 그럴 줄 알았다는 듯 적갈색에 묘한 향을 풍기는 술을 잔에 따랐다.
음곡의 손을 떠난 술잔이 허공을 부드럽게 유영하여 곽월에게 날아갔다.
풍인과 몽암이 보았다면 기절할 듯 놀라며 말렸겠지만 잔을 잡은 곽월은 추호의 의심도 없이 술잔을 비웠다.
"독이라도 탔으면 어쩌려느냐?"
"지금의 고통만 하겠습니까?"
곽월이 슬픈 미소를 지으며 잔을 돌려 보냈다.
"내 심정도 그러하다."
희미한 미소를 지으며 단숨에 술병을 비운 음곡이 술잔과 병을 조용히 가루로 만든 다음 물었다.
"밖이 좋겠구나."
음곡이 조사전을 나가자 곽월이 무겁게 몸을 일으켰다.

음곡의 걸음이 멈춘 곳은 조사전 뒤편에 있는 송림이었다.
십여 년 전, 조사전에 향을 올리고 정식으로 초혼살루의 제자가 된 곽월이 처음으로 검을 잡은 곳이었다.
"시작이 이곳이었으니 끝도 이곳이었으면 한다."
어둠 속에 자리한 송림을 둘러보며 추억에 잠기는 곽월의 표정이 더없이 어두워졌다.

그런 곽월을 보는 음곡의 눈이 매서워졌다.

"지금이 감상에 젖을 때더냐? 나 음곡, 아직 죽지 않았다."

말과 함께 세 자루의 비도가 곽월을 향해 쏘아졌다.

설마하니 그렇게 기습을 할 줄은 몰랐던데다 사부와 생사결을 해야 한다는 생각에 심란한 마음을 제대로 추스르지 못하고 있던 곽월은 난데없는 공격에 당황을 할 수밖에 없었다.

황급히 허리를 눕히고 튕기듯 일어나 무려 일곱 번이나 몸을 튼 뒤 소나무 뒤로 몸을 숨긴 뒤에야 비로소 수세에서 벗어날 수 있었다.

호흡을 고르는 곽월의 등판에 식은땀이 흐르고 있었다.

단 한 번의 공격으로 곽월을 바싹 긴장시켰던 음곡은 이미 자취를 감춘 상태였다.

곽월은 전신의 감각을 극성으로 끌어올리며 음곡의 기척을 찾기 시작했다.

송림을 부드럽게 휘감고 도는 바람 소리가 들렸다.

실바람에 흔들리는 풀잎 소리가 들렸다.

풀잎에 맺힌 이슬이 떨어지는 소리가 들렸다.

그 이슬을 받아먹기 위해 조심스레 움직이는 뱀의 기척도 느껴졌으며 심지어 천적을 피해 숨죽여 활동하는 풀벌레의 흔적도 감지되었지만 그 어디에도 음곡의 기척은 없었다.

'과연 대단한 실력.'

곽월은 실로 눈 깜짝할 사이에 자신의 흔적을 지우고 대자연과 완벽하게 동화된, 과거 천하제일살수라는 칭호를 얻었던 음곡의 실력에 감탄을 금치 못했다.

"무공의 고하(高下)를 떠나 살수가 반드시 갖추어야 할 몇 가지 요소가 있다. 첫째, 얼마나 완벽하게 자신의 흔적을 감추느냐. 둘째, 목표한 상대에게 얼마나 은밀히 접근하느냐. 셋째, 기회가 왔을 때 얼마나 빠르고 정확하게 공격을 할 수 있느냐. 이 세 가지만 제대로 할 수 있다면 너는 분명 천하제일살수가 될 수 있을 것이다."

당연하면서도 따르기 힘든 것.
언젠가 사부에게 들었던 말을 떠올리는 곽월의 전신을 엄습한 것은 위기감이었다.
음곡은 완벽하게 첫 번째 요소를 갖추었다.
그가 곽월의 위치를 정확히 알고 있는 반면 곽월은 그의 존재를 전혀 눈치 채지 못했으니 어쩌면 두 번째 요소까지 갖춘 셈이었다.
그렇다면 남은 것은 오직 하나뿐이었다.
곽월은 그 즉시 소나무에 등을 기댔다.
팽팽한 긴장감을 유지하면서 장기전을 대비해 몸을 최대한 편안히 해야 했다. 아름드리 소나무는 나름 방패 역할도 할 수 있을 터였다. 그리곤 모든 감각을 최대한으로 끌어올렸다. 무슨 수를 써서라도 사부의 존재를 찾아야 했다. 찾지 못하면 끝장이었다.

곽월이 등을 기대고 있는 소나무 위에 은밀히 몸을 숨기고 있던 음곡은 곽월에게서 단 한순간도 눈을 떼지 않았다.

바람에 흔들린 솔잎이 눈을 찔러도, 난데없는 불청객에 휴식을 방해받은 송충이가 온몸을 헤집고 다녀도 그는 꿈쩍도 하지 않았다.

움직이는 순간, 그것이 인간의 능력으론 절대 알 수 없는 찰나의 순간일지라도 곽월이라면 그 기척을 정확히 감지할 것이고 그것으로 끝이었다.

'훌륭하구나.'

음곡은 위기의 상황에서 너무도 침착하게 대응하는 곽월을 보며 연신 감탄을 했다.

한편으론 그만한 인물로 키워낸 스스로에게 뿌듯한 마음이 들었다.

'그래도 아직은 내가 우위에 있다.'

상대의 위치를 아는 것과 모르는 것엔 엄청난 차이가 있었다. 더구나 전신의 감각을 극도로 끌어올린 상황에서 그 차이는 시간이 지나면 지날수록 더욱 극명하게 갈릴 것이다.

"끝났어?"

풍인이 피투성이가 되어 돌아오는 은비에게 물었다.

"그래."

"은혼 사형은?"

"알면서 뭘 물어."

은비가 신경질적으로 대꾸하자 어색한 표정을 짓던 풍인이 그녀의 의복을 물들인 피를 가리키며 물었다.

"다친 거야? 아직도 피가 흘러."

"별거 아냐."

은비가 머리카락 사이를 뚫고 볼을 타고 흘러내리는 핏줄기를 대충 닦으며 말했다.

"이쪽은 제대로 됐어?"

"물론."

"다 죽인 거야?"

"아니. 어차피 한식구들이잖아. 가급적 살인을 자제하라는 대사형의 당부도 있고 해서 투항하는 사람들은 다 살려줬다."

"그랬구나. 잘됐네. 한데 몽암 쪽에선 연락이 왔어?"

"오겠지. 너도 알잖아. 그놈 얼마나 강한지. 루주님과 대사형을 제외하곤 그 녀석을 상대할 사람이 없어. 장로들 역시 마찬가지고."

"그렇긴 하지만……."

초혼살루(招魂殺樓) 197

몽암이 맡은 사람은 사대장로 중 가장 강한 적로, 게다가 그의 곁에는 십대살수 중 한 명인 금혼까지 있었다.

"걱정하지 말라니까. 놈이 어디 보통 놈이냐? 다소 시간이 걸릴지는 모르겠지만 절대로 실패… 봐라. 제 말을 하니 알아서 귀신같이 오잖아."

몽암을 발견한 은비의 안색이 확 펴졌다가 순간적으로 사라졌다.

"뭐야? 왜 이렇게 늦었어?"

"미안. 끝까지 포기를 하지 않는 통에… 여전히 도망치는 녀석들도 있고."

풍인이 안색을 굳히며 되물었다.

"도망? 몇 명이나?"

"몇 명 안 돼. 쫓고 있으니 금방 잡힐 거다."

"이장로 밑엔 역시 독종들이 많아."

"그만큼 능력이 있었으니까. 실력도 있었고."

말을 하는 몽암의 안색이 살짝 일그러졌다. 애써 고통을 참는지 이마엔 핏대까지 섰다.

"다친 거야?"

은비의 물음에 몽암이 대수롭지 않다는 듯 대답했다.

"조금."

"조금이 아닌 것 같은데? 내가 아는 몽암은 배가 갈라져 내장이 쏟아져도 그런 표정을 짓는 사람은 아니거든."

"하하, 내장이 쏟아지는데 멀쩡하면 그게 사람이야? 말이 되는 소리를 해. 진짜 별거 아니야."

농까지 던지며 걱정하지 말라고 했지만 그렇게 웃어 넘길 수 있을 정도로 상태가 좋았던 것은 아니었다.

금혼과의 싸움 이후, 곧바로 이어진 이장로와의 대결은 몽암에게도 큰 부담이었다. 결국 승리를 거두기는 하였지만 이장로의 검이 오른쪽 가슴을 관통하는 상당한 부상을 당한 상태였다.

"그나저나 삼장로와 사장로는 어찌 됐어?"

"그쪽도 이미 끝났다. 월천(月天) 사제와, 옥루(玉淚) 사매 등이 제때에 나서주었어. 덕분에 생각보다 큰 피해 없이 승기를 잡을 수 있었지."

"그래? 듣던 중 반가운 소린데. 그럼 이제 완전히 끝난 거야?"

"그런 셈이지. 우리가 이겼어."

승리의 선언치고는 꽤나 시큰둥한 음성이었다.

자시가 넘겨 시작된 초혼살루의 내전.

루주와 사대장로를 필두로 하는 구세력과 곽월을 추종하는 신세력의 싸움은 여명이 밝기 직전 생각보다 쉽게 끝이 났다. 몽암과 풍인을 주축으로 한 신세력의 기습 공격에 사대장로 측이 제대로 대응을 하지 못한 탓도 있었지만 초혼살루의 눈과 귀의 역할을 하는 광목(廣目)의 수장이 곽월을 지지하고 무엇보다 금혼과 은혼을 제외한 십대살수 중 무려 여덟 명이 곽월의 편에서 힘을 보탠 것이 결정적이었다.

초혼살루에서 십대살수의 위치는 어쩌면 사대장로 이상이었다. 사대장로가 초혼살루의 원로로서 대접을 받는다면 십대살수는 초혼살루가 지닌 무력 그 자체로 많은 동기, 사형제들과 수하들에게 절대적인 지지를 받았다.

사대장로 역시 십대살수 출신으로 그 실력이 출중한 사람들이었지만 초혼살루가 역사상 최고의 전력을 자랑하는 지금, 십대살수는 실력 또한 막강하기 그지없었다.

그런 십대살수 중 여덟 명이 돌아섰으니 루주와 사대장로가 아무리 막강한 세력을 구축하고 있었다 해도 애당초 싸움이 안 되는 것이었다.

"조사전이었지?"

"그래. 당장에라도 뛰어가 보고 싶지만 접근을 금하라는 대사형의 명 때문에 그럴 수도 없고 답답해 죽겠다."

풍인이 발을 동동 구르자 몽암이 그의 어깨에 가만히 손을 얹었다.

"쉽게 끝날 싸움이 아니잖아. 그다지 자랑할 만한 싸움도 아니고. 그냥 기다리자."

그렇게 말을 하는 몽암의 안색도 가히 좋은 것은 아니었다.

곽월의 실력을 믿었지만 음곡의 실력 또한 너무도 잘 알고 있기 때문이었다.

음곡이 기습 공격과 함께 몸을 감춘 뒤 곽월이 움직임을 멈추고 그의 흔적을 찾기 위해 매달린 지 한 시진이 흘렀다.

날은 점점 밝아와 어둠만이 존재했던 송림에도 밝은 기운이 스며들었지만 둘은 여전히 처음의 자세를 그대로 유지하고 있었다.

곽월은 검을 살짝 늘어뜨린 채 소나무에 등을 기대고 있었고 음곡은 그의 바로 머리 위에서 숨을 죽이고 있었다.

음곡의 예상대로 시간이 흐르면 흐를수록 승기는 그에게 오는 것 같았다.

전신의 감각을 극대화시켜 음곡의 기척을 찾느라 애를 쓴 곽월이 극도의 피로감에 시달리며 언제부터 자꾸만 집중력이 흐트러지는 모습을 보인 것이다.

그렇지만 날이 밝는 지금, 언제까지 기다릴 수는 없었다.

영원히 감겨 있을 것 같았던 음곡의 눈이 가만히 떠졌다.

그리곤 허리춤을 향해 가만히 손을 뻗었다.

한 호흡에 한 치씩.

무려 반 각이란 시간이 흐른 후, 그의 양손에 네 자루의 비도가 들려 있었다.

완벽하게 자신의 흔적을 감추었고 목표한 상대에게 은밀히 접근하는 데 성공했으니 그가 마지막으로 해야 할 일은 빠르고 정확하며 과감한 공격으로 반기를 든 제자에게 천하제일살수로서의 위용을 보여주는 것이었다.
 음곡의 팔이 움직였다.
 공기의 흐름에 역행하지 않고 오히려 순응하며 묻어가는 부드러운 움직임.
 그의 손을 떠난 비도는 가공할 속도와 위력으로 곽월을 향해 내리꽂혔다.
 자신이 던진 네 자루의 비도가 곽월이 빠져나갈 틈을 완벽하게 제어했음을 확인한 음곡의 입가에 비로소 미소가 지어졌다.
 하지만 그 미소가 사라지는 것은 순식간이었다.
 튕기듯이 몸을 뺀 곽월이 그를 향해 날아오는 비도를 모조리 쳐낸 것이다.
 '이럴 수가.'
 음곡의 눈이 경악으로 물들었다.
 실로 말도 안 되는 일이 벌어졌다.
 곽월과 자신의 거리는 고작 삼 장여.
 비도가 손을 떠나 곽월에게 날아가는 그 순간은 그야말로 찰나에 불과했다.
 그런데 곽월은 마치 기다렸다는 듯 완벽하게 반응하며 네 자루의 비도를 모조리 막아냈다.
 '들켰었나?'
 가장 먼저 뇌리에 떠오르는 의문.

'그럴 리가 없다.'

스스로의 은신술에 자신을 했던 음곡은 있을 수 없는 일이라며 고개를 흔들었다. 장담컨대 비도가 곽월을 노리기 전까지는 분명 완벽했다.

"거기 계셨습니까?"

곽월이 이마에 흐르는 땀을 슬며시 닦으며 말했다.

노출된 이상 곽월의 이목을 피한다는 것은 불가능하다고 여긴 음곡이 소나무에서 내려왔다.

밤새 그의 의복을 적셨던 이슬이 순식간에 수증기로 변해 증발했다.

"알고 있었느냐?"

곽월이 고개를 흔들었다.

"하면 어찌 피했느냐? 네가 아무리 빠르다고 해도 그렇게 쉽게 막을 수는 없었을 텐데."

"사부님의 은신술은 완벽했습니다. 아울러 공격 또한 너무도 적절한 순간에 이뤄졌지요. 다만 제게 운이 조금 있었을 뿐입니다."

"운이?"

음곡이 고개를 갸웃거리자 곽월이 쓴웃음을 지으며 대답했다.

"공격이 있기 바로 직전, 제 손등으로 송충이 한 마리가 떨어졌습니다."

더욱 모를 말이었다.

"새벽이슬을 맞으며 움직이는 송충이는 없습니다. 게다가 천적의 움직임도 없었고, 바람 한 점 없었지요. 아무리 생각해도 녀석이 제 손등에 떨어질 이유가 없었습니다. 있다면 오직 하나."

"허!"

음곡이 입을 쩍 벌렸다.

그러고 보니 목덜미에서 꾸물대던 송충이가 사라졌다는 것이 기억났다. 아마도 자신이 비도를 꺼내기 위해 움직이는 과정에서 떨어진 놈일 것이다.

"그 즉시 모든 감각을 집중해 위를 살폈습니다. 고요한 대기를 은밀히 깨우는 이질적인 느낌이 전해지더군요."

"나의 움직임을 간파했구나."

"예."

더 이상의 설명은 필요없었다.

모른다면 모를까 눈치를 챈 이상 암습을 막지 못할 곽월이 아닌 것이다.

'아무리 그렇다고 해도 송충이라니!'

고작 송충이 한 마리 때문에, 조금도 고려치 않았던 미물이 싸움에 결정적인 변수가 되었다는 것이 너무도 어처구니없었다.

허탈한 표정을 짓던 음곡이 곽월을 바라보았다.

비록 자신의 제자지만 알면 알수록 대단한 녀석이었다.
누가 있어 그 짧은 시간에 냉정하게 생각하고 차분하게 대처하겠는가!
설사 천하제일고수라 해도 그 정도의 섬세함과 차분한 모습은 보일 수 없을 것이다.
'내가 제자 하나는 잘 키웠군.'
문득 괜한 욕심을 부린 것은 아닌지 하는 생각이 들었다.
흐르는 물은 썩지 않는 법.
초혼살루를 위해서라도 자연스레 물러나 주는 것이 옳은 판단이었건만 그것을 사대장로의 간언을 핑계로 거스르려 했기에 오늘과 같은 파국을 맞이하고 만 것이다.
음곡은 후회, 또 후회를 했다.
후회는 아무리 빨라도 항상 늦는 법이었다.
그래도 그는 곽월의 사부로서, 초혼살루의 루주로서 마지막 할 일이 무엇인지는 정확하게 알고 있었다.
"내가 누구더냐?"
갑작스런 질문에 놀라면서도 곽월이 공손히 대답했다.
"초혼살루의 루주이시자 제 사부님이십니다."
"아직도 그리 생각하느냐?"
"예."
"하면 내 사부로서 마지막으로 가르침을 내리고 싶구나."
음곡이 검을 비스듬히 세우며 말했다.

"사부… 님."

"결정을 내리기 위해 수십 번을 생각하고 또 생각하되 결정을 내렸거든 단호히 행동을 하라고 가르쳤다. 네가 여기까지 왔다면 이미 결정을 내린 것. 하면 끝을 보아야 할 것 아니더냐?"

"하지만 그래야 할 이유를 모르겠습니다. 전 사부님… 아니, 사대장로들의 생각처럼 반역을……."

"안다. 네가 조사전에서 내가 준비한 술을 아무런 거리낌 없이 마시는 것을 보고 모든 것이 못난 사부의 오해요, 불찰이라는 것을 알게 되었다."

"그렇다면 어째서……."

"기호지세(騎虎之勢). 너를 위해 칼을 든 이들을 생각해라. 내가 살아 있다면 모든 것이 부정될 것이다. 그들을 위해, 초혼살루를 위해서라도 나의 죽음은 필연이다. 물론 쉽게 끝내 줄 생각은 없다."

"……."

"최선을 다해다오. 청출어람(靑出於藍)이라. 세상 모든 사부는 제자가 자신을 뛰어넘어 주기를 바라는 법이다. 허명일지는 모르나 과거의 천하제일살수가 당금의 천하제일살수에게 목숨을 잃는 것은 어쩌면 영광일 수도 있겠구나. 자, 간다."

음곡의 검이 곽월을 노리며 짓쳐들었다.

'사부님.'
검을 쥔 손에 힘을 주는 곽월의 눈이 애잔하게 변했다.
뜨거운 눈물이 볼을 타고 흘러내렸다.

第四十五章
당가풍운(唐家風雲)

사천당가!

사천성 성도(成都)에 위치한 사천의 패자(覇者)가 암운에 휩싸여 고통받고 있었다.

시작은 전대 가주 당온의 동생이자 당가의 대장로 당송(唐松)이 말년에 얻은 하나뿐인 손자 당진(唐眞)의 몸에 흑색 반점과 함께 고열이 나서면서부터였다.

당송의 성화로 인해 평소 사이가 좋다고는 말할 수 없었던 용독당과 의선당이 손을 잡고 그 원인과 치유법을 알기 위해 필사적인 노력을 기울였지만 당진은 이틀 만에 목숨을 잃고 말았다.

당진의 죽음을 시작으로 매일같이 환자가 발생하기 시작했다.

환자의 몸에는 하나같이 손톱만 한 반점과 함께 고열이 끓었는데 무공을 익힌 사람은 어느 정도 버텨낼 수 있었으나 무공이 약하거나 익히지 않은 이들은 증상이 나타나고 정확히 하루, 길어야 사흘 만에 목숨을 잃었다.

무려 이십여 명의 희생자가 난 뒤에야 의선당에선 당가를 휩쓸고 있는 죽음의 병이 단순한 전염병이 아니라 독에 중독된 현상임을 밝혀냈고, 용독당에서도 그 독이 여러 혼합독이라는 것과 어이없게도 옷이나 이불 등을 세탁할 때 늘 사용해왔던 옥향초(玉香草)가 그중 하나라는 것을 확인했다.

그럼에도 불구하고 독은 완벽하게 해독되지 않았으며 백방으로 예방을 해도 시간이 지날수록 중독되는 인원이 기하급수적으로 늘었다.

첫 중독 증상이 발견된 이후, 정확히 보름이 지난 시점에서 당가의 가장 큰 어른인 전대 가주 당온, 현 가주 당곤욱을 비롯하여 세가의 절반이 넘는 인원이 중독되고 말았다.

무림의 그 어떤 문파, 세력보다 독과 암기술에 탁월했던 사천당가로서는 참으로 굴욕적인 일이 아닐 수 없었다. 아니, 단순히 굴욕을 넘어 가문의 존망을 걱정해야 할 정도의 위기가 닥친 것이었다.

달빛은 물론이고 별빛마저 모습을 감춘 그믐날.

죽음과도 같은 적막감에 싸여 있는 당가에서 유독 불빛이 밝은 곳이 있었으니 당가를 휩쓸고 있는 독의 해독법을 알아내기 위해 그야말로 필사적으로 매달리고 있던 의선당이었다.

그 의선당에서도 가장 중심에 있는 당주실.

넓다고는 할 수 없는 방에는 의선당주 조일곤을 중심으로 두 명의 사내가 마주 앉아 있었다.

문밖의 분주함과는 달리 그곳은 어딘지 모르게 팽팽한 긴장감이 흐르고 있었다.

"어디까지 왔다고 하던가?"

조일곤의 물음에 좌측에 앉아 있는 중년인, 의선당 부당주 천소종(千消終)이 말했다.

"오후에 남계(南溪)에 도착했다는 전갈을 받았으니 거리상 이틀이면 당도할 것 같습니다."

"이틀이라… 꽤 서둘렀군."

"아무래도 그렇겠지요. 세가가 위험에 빠졌으니."

천소종의 맞은편에 앉은, 당가타를 포함한 당가의 외부 경비를 맡고 있는 외당 당주 곽운(郭韻)이 쓴웃음을 지으며 말했다.

"준비는 잘되고 있나? 보통 영민한 녀석이 아니야."

"걱정하지 마십시오. 녀석이 뭔가 이상하다고 의심을 할 때쯤이면 모든 것이 끝나 있을 겁니다."

천소종이 자신만만하게 말했다.

"그렇다면 다행이고. 어쨌거나 한 치의 실수도 있어선 안 될 것이네."

"물론입니다."

"저쪽은 어떤가?"

곽운이 말했다.

"꽁지가 빠지게 뛰어다니고 있는 것 같기는 합니다만 제까짓 놈들이 뭘 알겠습니까? 지금까지 고작 옥향초 정도만 알아냈을 뿐인걸요."

"행여나 해독이라도……."

"그럴 일은 절대로 없습니다."

"그래도 혹시 모르니 한순간도 시선을 떼선 안 될 것이네. 특히 당연(唐蓮)의 움직임을 주시하게나. 요즘 나를 보는 눈빛이 이상한 게 아무래도 뭔가가 있는 듯해. 대장로를 자주 만나는 것도 이상하고."

"알겠습니다."

"한데 대장로는 도저히 불가능한 것인가?"

조일곤의 질문에 천소종이 곤혹스런 표정을 지었다.

"그것이… 내성이 생긴 것인지 아니면 원래 체질이 그런 것인지 도무지 방법이……."

"자네가 그리 말하면 어쩔 수 없는 것이겠지. 그렇다고 그냥 놔둘 수는 없으니 따로 방법을 찾아보도록 하세."

"아무래도 그래야 할 것 같습니다."

"자, 이제 며칠 안 남았네. 녀석만 무너뜨리면 우리의 시대가, 새로운 당가가 탄생할 것이야. 혈연에 연연하지 않고 오직 실력으로만 대접받는 그런 당가가 말일세. 그때까지 조금 더 힘을 내도록 하지."

"예."

천소종과 곽운이 고개를 숙이며 대답을 했다.

그들의 모습을 흐뭇하게 바라보는 조일곤의 입가에 엷은 미소가 지어져 있었다.

소름이 돋을 만큼 섬뜩한 미소였다.

*　　　*　　　*

섬서와 사천의 경계이자 그 줄기가 호북까지 뻗어 내려온 대파산맥(大巴山脈).

한 사내가 인적도 없는 산길을 그야말로 비조와 같은 몸놀림으로 달리고 있었다.

"후~ 험하긴 험하군."

당초성에게 위기가 닥쳤음을 알고 무당산을 떠나온 도극성은 대파산의 험준함에 혀를 내둘렀다.

웬만한 산은 평지처럼 달리는 그였지만 대파산의 험준함

은 상상을 초월했다.

 무엇보다 그를 곤혹스럽게 만든 것은 제대로 난 길이 없는 데다가 딱히 이정표 같은 것도 없기에 수시로 길을 잃는다는 것. 그나마 간혹 만나는 약초꾼이나 사냥꾼 덕에 완전히 방향을 잃고 헤매지는 않은 것이 다행이라면 다행이었다.

 "젠장, 이럴 줄 알았으면 영운설 소저 말대로 물길을 이용하는 것인데 그랬어."

 영운설을 비롯하여 많은 사람들이 대파산보다는 장강의 물길을 이용해 움직이라는 충고를 해주었음에도 그는 빙 돌아가는 물길보다는 험준해도 훨씬 빠른 길로 정면돌파를 선택했다. 결국 남은 것은 뼈저린 후회뿐이었다.

 "초성 형님이 세가가 급한 와중에도 이쪽이 아니라 물길을 이용한 이유를 알겠군."

 도극성의 입가에 쓴웃음이 지어졌다.

 상식적으로 조금만 생각해 보아도 알 수 있는 것을 알지 못하고 괜한 고생을 하는 자신이 그렇게 한심할 수가 없었다.

 "그래도 제대로만 가면 이쪽이 훨씬 빠르지."

 도극성은 스스로에게 애써 최면을 걸며 당가를 향해 내달리고 있었다.

*   *   *

당가에 도착하자마자 가장 먼저 조부 당온과 부친 당곤욱의 병세를 살핀 뒤 가주의 집무실로 향하는 당초성의 발걸음은 너무도 무거웠다.
 그의 뒤를 따르는 당고후의 표정도 심각하게 굳어 있었다.
 "당숙은 어디로 갔습니까?"
 당초성이 고개를 돌려 당철을 찾았다.
 "오자마자 용독당으로 달려갔다. 용독술에 그만한 녀석도 없다. 녀석이 갔으니 뭔가 방법을 찾을 수 있을 게야."
 확신보다는 그렇게 되었으면 하는 바람이 더욱 강하게 깃든 음성이었다.
 "어찌 생각하십니까?"
 "독 말이냐?"
 "예. 참으로 괴이한 독입니다."
 "그렇더구나. 여태까지 우리가 알고 있던 독과는 묘한 이질감이 느껴져."
 "결국 예상대로인 모양입니다."
 "아마도 그렇겠지. 어찌할 생각이냐?"
 "일단 부딪쳐 봐야지요."
 "염두에 둔 사람이라도 있느냐?"
 "글쎄요. 아직은 잘……."
 당초성이 말꼬리를 흐렸다.
 어려서부터 당초성의 천재성을 지켜보아 왔던 당고후는

그 말을 결코 믿지 않았다.

당초성의 귀환으로 당가는 일시적으로 활기를 되찾았다.
그라면, 사천은현이라면 당가를 옥죄는 위기에서 반드시 벗어나게 해줄 것이라는 믿음이 있는 것이다.
그런 믿음을 마음 가득 품고 많은 이들이 집무실에 모였다.
"왔느냐?"
당초성에게 가장 먼저 말을 건넨 사람은 대장로 당송이었다.
"예, 작은할아버님. 오다가 진아의 일을 들었습니다. 괜찮으십니까?"
세가에서 유난히 자신을 따랐던 사촌 동생 당진.
숫기가 없는 것이 탈이었지만 늘 넉넉한 웃음으로 마음을 편하게 해주던 당진의 얼굴을 떠올리자 마음 한 켠이 아려왔다.
"괜찮다. 그 아이의 일도 일이지만 당장 세가가 이 지경이 돼버렸으니……."
하나뿐인 손자를 잃은 슬픔을 어디에 비할까. 하나, 그는 사천당가의 대장로였다. 게다가 중독되지 않고 버티고 있는 몇 안 되는 어른이었다. 만약 그가 슬픔을 이겨내지 못하고 흔들렸다면 당가의 혼란은 극에 달했을 것이다.
'후~ 마음고생이 얼마나 심하셨으면 고작 두어 달 못 뵌

사이 적어도 십 년은 훌쩍 늙으신 것 같구나.'

"그래도 네가 오니 한결 마음이 놓인다."

조일곤이 맞장구를 쳤다.

"예. 조카가 왔으니 한시름 덜게 되었습니다."

"고모부님께서 고생 많으셨다 들었습니다."

"고생은 무슨… 아무것도 한 것이 없어 염치가 없을 뿐이다."

"무슨 말씀을요. 의선당의 활약이 아니었다면 피해는 더욱 커졌을 겁니다."

"그리 말해주니 고맙구나."

"한데 세가가 어쩌다 이 지경까지 된 것인가?"

쓸데없는 잡담이 길어진다고 생각했는지 당고후가 단도직입적으로 물었다.

조일곤이 당송을 슬쩍 바라보다가 설명을 시작했다.

"아시다시피 시작은 진아가 난데없는 중상을……."

조일곤의 설명은 길지 않았으나 그간의 경과와 현재 당가가 처한 상황에 대해 객관적이면서도 냉철하게 분석을 한 덕에 사건의 본질을 한눈에 알 수 있었다.

"사망자가 벌써 백여 명에 육박했다니……."

당초성은 놀란 입을 다물지 못했다.

"후~ 그래도 사흘 전부터는 희생자가 늘어나지 않고 있군요. 다행입니다."

"일단은 그렇다. 하지만 언제까지 막을 수 있을지는 모르겠어. 의선당과 용독당이 필사적으로 애를 쓰고는 있지만 겨우 증상의 악화를 막고 있을 뿐이야."

"중독된 경로는 추적해 보셨습니까?"

"그건 우리보다 용독당에게 물어보는 것이 빠르겠다."

조일곤의 시선이 용독당의 부당주 당연에게 향했다.

집무실에 모인 이들의 시선이 말석에 앉아 손가락을 꼼지락거리고 있는 당연에게 향했다.

이제 겨우 약관이 넘은 어린 나이에도 불구하고 용독당주 당철이 없는 동인 그녀가 보여준 세밀한 분석, 빠른 판단력과 과감한 결정 등은 아무리 칭찬을 해주어도 부족함이 없었다.

"연아, 용독당의 생각은 어떠냐?"

사촌 동생을 바라보는 당초성의 눈길은 따뜻했다.

"아직 잘 모르겠어요."

당초성이 멍한 표정으로 바라보자 설명이 짧았다고 여긴 당연이 말을 이었다.

"처음엔 물을 의심했어요. 가장 손쉬운 방법이니까요. 세가에서 사용하는 모든 우물을 조사했고 아울러 주변에 흐르는 냇물과 냇물의 수원(水源)까지 조사를 해보았으나 아무런 이상이 없었어요."

"물이 문제였다면 모든 사람이 중독이 되었겠지."

"예. 해서 다음으로 눈을 돌린 것은 음식이었지요."

"세가로 유입되는 식재료가 엄청날 텐데? 일일이 다 조사를 하지도 못했겠고."

"완성된 음식을 주로 조사했어요. 하지만 어떤 음식에서도 독의 흔적은 찾지 못했어요. 물론 조리사까지 철저하게 조사를 했고요. 그럼에도 중독이 되는 사람은 줄어들지 않았어요."

"그렇다면 뭐냐? 식솔들에게 일일이 독을 살포했다는 말이더냐?"

당고후가 이해가 가지 않는다는 표정으로 물었다.

"그럴 가능성도 없어요. 그렇게 동시다발적으로 독을 풀 수 있는 사람도 없을 것이고 무엇보다 가주님들을 비롯하여 어른들께서 그리 쉽게 당할 리가 없으니까요."

"그도 그렇구나."

"그래도 가장 가능성이 높은 것은 역시 음식이에요."

"어째서?"

"하나의 음식을 만들기 위해서 많은 식재료가 필요하지요. 그리고 음식마다 맛과 향 모두 달라요."

"음식엔 아무런 이상이 없다고 하지 않았느냐?"

"예. 하지만 모든 음식에는 상성이 있다는 것을 아셔야 돼요."

당연이 말하고자 하는 바를 재빨리 눈치 챈 당초성이 물었다.

"하면 네 말은 모든 요리에 조금씩 독이 살포되었다는 말이겠구나. 그 독들이 다른 요리를 통해 들어오는 독과 하나로 합쳐져서……."

"현재로선 그 가능성이 가장 큰 것 같아요. 눈치 채지 못할 미량이라도 꾸준히 섭취하고 쌓이다 보면 언젠가는 폭발을 할 수도 있고요."

"그렇지. 게다가 식솔들을 중독시킨 독이 단일독이 아니라 여러 독이 혼재되어 있는 것이었고? 아, 파악된 것이 옥향초였던가?"

"예. 그래서 또 고민이에요. 그 옥향초라는 것이 독이라 부르기도 뭐한 것이잖아요. 옛날부터 그랬고, 지금은 금지했지만 얼마 전까지만 해도 옷을 세탁할 때 늘 사용을 해왔던 것이라. 음식과는 더더욱 연관이 없고."

당연이 한숨을 내쉬었다.

바로 그때였다.

"있을 수도 있다."

세가로 돌아오자마자 용독당으로 향했던 당철이 집무실로 들어오며 말했다.

"뭔가 발견한 게 있으십니까?"

당초성의 물음에 당철이 내민 것은 조그만 술병이었다.

"그게 뭡니까?"

"술이지."

"술이라면……."

"우리가 세가를 떠나기 전, 큰 어르신의 생신연이 있었다. 바로 그때 사용됐던 술이야."

당고후가 참지 못하고 물었다.

"술에 독이 살포된 것이냐?"

"그런 것은 아닙니다."

"답답하구나. 자세히 설명을 해보거라."

"당시 사용됐던 술은 맥아(麥芽)를 원료로 하여 만들어진 것으로 그 자체에는 아무런 문제도 없습니다. 그런데 그것이 옥향초와 만나면 상황이 조금 다릅니다."

"상황이 다르다면……."

"어지러움증과 함께 몸에 열이 나지요."

당초성이 의문을 제기했다.

"제 기억으론 그때 문제를 일으켰던 사람은 아무도 없습니다."

"당연하지. 그저 술기운으로 치부를 해도 좋을 만큼 효과는 미약하니까."

"이해를 할 수가 없군요."

"거기에 더해 이것이 합쳐지면 단순히 열이 나는 정도가 아니라 의식을 마비시킬 만큼 강한 독이 만들어진다."

당철이 준비해 온 또 하나의 물건은 조그만 유등(油燈)이었다.

"세가로 돌아와 보니 유등에 쓰이는 기름이 바뀌어져 있었다."

"그건 작년에 이미 구입한 것이 아닙니까? 돼지기름보다는 비싸기는 해도 향유(香油:고래기름)의 성능이 훨씬 좋다고 해서."

"이것 역시 본격적으로 사용한 것은 큰 어르신의 생신연이 끝난 다음이었지."

"향유가 문제가 있는 겁니까?"

당철이 고개를 끄덕였다.

"각각은 이상이 없으나 맥아로 만든 술, 옥향초, 향유가 만나면 심각한 부작용을 일으키더구나. 내가 방금 전 확인을 했다."

"어쩐지… 그래서 아이들은 중독되지 않은 것이군요. 단순히 운이 좋은 게 아니라 술을 마시지 않았기 때문에."

"그런 것이지."

고개를 끄덕인 당철의 시선이 당연에게 향했다.

"너 역시 향유를 의심한 모양이던데."

"예. 그렇지만 옥향초와 향유 사이에 아무런 문제점도 찾지 못해서……"

"그것만으론 아무런 영향도 주지 않는다. 그 둘이 맥아로 만든 술과 접했을 때 문제가 생기는 것이야."

당철이 당초성에게 말했다.

"분명 다시 사용하고 남은 술이 있을 것이다."

"술이야 많이 남았지. 방금 전만 해도 한잔하고 왔으니까."

당송이 당철의 말을 확인시켜 줬다.

"몇 가지 성분이 더 첨가돼서 극독이 되는 것 같지만 아직 거기까지는 확인하지 못했다. 우리가 먹는 음식에도 분명 문제가 있을 것이다. 시간이 더 필요해."

"그것만으로도 충분합니다. 옥향초의 사용을 금했으니 일단 술부터 폐기해야 할 것 같군요. 물론 향유도 마찬가지고요. 다른 음식이야 확인을 못했으니 어쩔 수 없지만 이 정도로도 효과는 있을 겁니다."

"당장 조치를 하도록 하마."

당고후가 벌떡 일어나며 말했다.

"예. 부탁드립니다."

사건의 실마리를 찾은 이들의 표정엔 조금씩 생기가 돌았다.

*　　　*　　　*

"당했군."

조일곤이 쓴웃음을 지었다.

천소종 또한 황당하기는 마찬가지였다.

"실로 괴물 같은 인간입니다. 그 짧은 시간에 그것들의 상관관계를 파악하다니 말입니다."

"어려서부터 독에 미치다시피 한 사람이야. 어쩌면 당연한 것인지도 모르지."

"그나마 눈치 채지 못한 것이 있어 다행입니다."

"당철의 능력이라면 그 또한 밝혀지겠지. 단지 시간이 걸릴 뿐."

"문제는 초성입니다. 전 아무래도 그 녀석이 걸립니다. 아시다시피 하나의 단서로 열 가지, 백 가지를 유추해 낼 수 있는 능력이 있는 놈입니다. 어쩌면 이미 모든 것을 파악하고 있을지도 모르고요."

"설마?"

천소종이 당치도 않다는 표정을 지었다.

"그래도 만약에 대비를 해야 할 것 같습니다."

"대비라면… 무력을 쓰자는 말인가?"

"필요하다면 그래야 하지 않겠습니까? 이런 식이면 저희들이 준비한 것은 아무런 효과도 발휘하지 못합니다."

"식솔들의 성정을 몰라서 그러는가? 명분이 없으면 아무것도 얻을 수 없어."

조일곤은 다소 부정적이었다.

"명분이야 지금도 있습니다."

"명분이 있다?"

"그간 죽어나간 사람이 얼마입니까? 한데 직계들의 수는 얼마 되지 않습니다. 제대로 치료도 받지 못하고 죽은 사람들은 대다수가 방계들입니다. 그에 대한 불만은 이미 충분히 쌓였다고 봅니다."

"뭐, 우리가 그렇게 만들기는 했지."

천소종이 씨익 웃으며 말했다.

"여기서 조금만 더 손을 쓰면 상황은 걷잡을 수 없이 흘러갈 것입니다."

"걷잡을 수 없다? 흠, 그것도 좋겠지. 일단 추진은 해보게. 하나, 무엇보다 우선인 것은 식솔들의 기대를 한 몸에 받고 있는 당초성의 신뢰도를 떨어뜨려야 하는 것일세. 그래야 우리가 내세우는 인물이 당가를 바로잡을 수 있어."

"반드시 그렇게 될 겁니다."

"맡겨주십시오."

천소종과 곽운이 자신만만하게 말하며 자리를 뜨자 잠시 생각에 잠겼던 조일곤이 붓을 들었다.

'일단 부르기를 잘했군. 당장에라도 움직일 수 있도록 준비를 갖추라고 해야겠어. 일이 제대로 풀리지 않을 경우 당가를 아예 지워 버리기 위해서라도 말이야.'

그날 밤, 조일곤이 작성한 서찰이 만리조(萬里鳥)라 이름 붙은 전서구를 통해 은밀히 당가를 벗어났다.

당가풍운(唐家風雲)

*   *   *

"오셨습니까?"

"예."

모습을 드러낸 사람은 허리가 꾸부정하고 얼굴에 검버섯이 덕지덕지 낀 노인이었다.

"무사하셨군요. 몸은 어떠십니까?"

"전 괜찮습니다."

"천만다행입니다. 그래, 외부의 상황은 어떻습니까?"

"근래 들어 외부의 사람들이 다소 모습을 보이기는 하나 별다른 이상 징후는 드러나지 않았습니다."

"하면 내부의 적만 신경 쓰면 된다는 말이군요."

"아마도 그럴 것입니다."

"혹 의심이 가는 사람이 있습니까?"

"판단하기 어렵습니다."

"조사는 해보았습니까?"

"예. 하지만 용독당이나 의선당과 달라 드러내 놓고 조사를 할 수 있는 위치가 아닌지라 한계가 있었습니다."

"일단 보고를 들어보지요."

당초성은 노인에게 자리를 권한 후 양손 깍지를 끼고 턱 밑을 괴었다.

노인의 보고는 생각보다 치밀하고 방대했다. 하나, 의선당이나 용독당에서 보고받은 것 이상의 것을 찾기는 힘들었다.

"역시 독을 살포하는 방법이나 성분은 제대로 파악이 안 되는군요."

당초성의 얼굴에 실망의 표정이 깃들자 노인이 머리를 조아렸다.

"송구합니다."

"괜찮습니다. 그것까지 기대하는 것이 애당초 무리였으니까요."

당초성이 겸연쩍은 미소를 지었다.

"보고를 드릴 것이 하나 더 있습니다."

"무엇입니까?"

"요즘 들어 세가 내의 분위기가 왠지 심상치가 않습니다."

"심상치가 않다니요?"

당초성이 살짝 굳은 표정으로 되물었다.

"이번에 중독되어 목숨을 잃은 이들을 가만히 살펴보면 직계보다는 방계의 인원이 압도적으로 많습니다."

"그랬… 던가요?"

당초성은 희생자들의 인원수만 생각했지 그들의 출신을 미처 챙기지 못한 것을 자책하며 물었다.

"독에 중독된 비율은 비슷한데 목숨을 잃는 대다수가 방계 출신입니다. 자연히 문제가 생길 수밖에 없습니다."

"소외감을 말함입니까?"

"소외감이라기보다는 차별 대우라는 것이 온당할 듯싶습니다."

"차별 대우라… 의선당이나 용독당에서 그럴 리가 없을 텐데요."

"과정이야 어찌 되었든 결과는 그리 나왔습니다."

"알겠습니다. 최대한 빨리 이유를 파악토록 해야겠군요."

"급하면 급할수록 좋을 것 같습니다만."

노인이 에둘러 말했지만 당초성은 그가 말하고자 하는 바를 금방 눈치 챘다.

"그만큼이나 심각하단 말입니까?"

노인은 침묵으로써 긍정을 표시했다.

"설마 그렇게까지……."

무거운 표정으로 생각에 잠겼던 당초성이 말했다.

"몇 가지 부탁을 드려야겠습니다."

"하명하십시오."

노인이 벌떡 일어나 예를 취했다.

"지금 이 시각부터는 본 가, 아니, 당가타의 모든 식솔들을 감시 대상에 올려놓겠습니다. 혹여 혼란을 부추기는 이들이 있을 수도 있습니다. 특히 의선당과 용독당을 세밀히 살피라 하십시오."

"인원이 부족합니다. 중독된 아이들이 제법 되는지라……."

"외부에서 활동하는 이들을 모조리 내부로 돌려서라도요."

"알겠습니다."

"그리고 향유를 구하게 된 과정을 자세히 알고 싶군요. 어떤 상단의 누가 주선을 했는지, 가격은 어찌 책정이 된 것인지, 그들과 거래한 사람은 누구인지 등등 소소한 것까지 모조리 말입니다."

"확인하겠습니다."

"마지막으로……."

당초성이 잠시 호흡을 가다듬었다.

"좌운각(座雲閣)을 면밀히 살펴주십시오."

"좌운… 각입니까?"

사안의 중대함 때문인지 노인의 음성이 긴장감에 살짝 떨렸다.

"예. 좌운각입니다."

"알겠습니다."

"실력이 뛰어나신 분입니다. 조심, 또 조심을 해야 할 겁니다."

"명심하겠습니다."

"그럼 무영단(無影團)만 믿겠습니다."

"다시 찾아뵙겠습니다."

노인, 당가의 비밀 세력으로 오직 세가의 가주와 소가주만이 그들의 진실된 정체를 알고 부릴 수 있는 무영단의 수장이 정중히 예를 표하며 물러났다.

노인이 물러나고 잠시 후, 용독당 부당주 당연이 당초성을 찾아왔다.

"방금 다녀간 사람 마노(馬老) 아닌가요? 한순간도 마구간을 떠나지 않는 분인데 어쩐 일로 오라버니를……."

"내가 불렀다. 흑풍(黑風)이 어찌 지내고 있는지 궁금해서."

"그랬군요."

당연은 별다른 의심 없이 고개를 끄덕였다.

"이 밤중에 어쩐 일이야?"

"대장로님께서 뵙자고 하셔서요."

"작은할아버님이?"

"예."

"무슨 일로?"

"저야 모르지요. 뭐, 따로 이르실 말씀이라도 있으신 모양이지요. 당주님과 당고후 장로님도 와 계세요."

한밤중에 아무런 이유도 없이 부르시지는 않을 터. 당초성은 조금의 망설임도 없이 고개를 끄덕였다.

"알았다. 앞장서거라."

*   *   *

와락.

손에 들린 서찰이 종이뭉치가 되어 바닥에 떨어져 내렸다.
"그러길래 조심, 또 조심을 하라고 했건만."
화를 참지 못함인지 신산의 눈꼬리가 부들부들 떨렸다.
"그래서? 지금 어찌하고 있다더냐?"
"일단 은밀히 따르고는 있다고 합니다만……."
"철수시켜."
"예?"
"철수시키라고. 그놈이 어떤 놈인지 몰라서 그래? 여자 꽁무니만 쫓는다고 허술해 보이긴 해도 암흑마교의 후계자다. 괜스레 건드리다간 일만 더 커져."
"하지만 그리되면 죽림의 정체가……."
"언젠가는 드러나게 되어 있어. 조금 빨라졌을 뿐이야. 어쨌거나 분명 의심의 눈길이 쏟아질 것이다. 투밀단은 물론이고 나에게까지도."
"헛수고일 것입니다."
"그래도 안심하지는 마라. 그놈의 장기 중에 하나가 난데없이 뒤통수를 때리는 것이니까. 한 치의 빈틈도 없이 만전을 기해야 할 것이다. 가서 빈틈이라도 없는지 다시 한 번 확인을 해봐라."
"존명."
사내가 사라진 뒤에도 신산의 굳은 얼굴은 퍼질 줄을 몰랐다.

'하필이면 그놈이란 말이냐.'

신산의 뇌리에 한껏 비웃음을 머금고 건들거리는 담사월의 얼굴이 떠올랐다.

* * *

"의선당주에 대해 어찌 생각하느냐?"

당송이 자리에 앉은 당초성에게 가장 먼저 던진 말이었다.

"고모부님요? 글쎄요. 별생각 안 해봤는데요."

당초성의 모습에서 뭔가를 찾아보려던 당송이 곧 포기하고 다시 입을 열었다.

"세가에 문제가 생긴 이후, 의선당의 위상은 그 어느 때보다 커졌다."

"아무래도 그렇겠지요."

"단순히 그렇다는 정도가 아니라 세력이 모이고 있다는 말이야."

"예?"

"근래 들어 의선당에서 회합이 잦다고 하더구나."

"세가가 이 지경에 이르고 의선당을 중심으로 해결책을 찾고 있으니 당연한 것이겠지요."

당초성은 지극히 원론적으로 대답하고 있었다.

"현재 본 가의 의사결정 중 상당수가 의선당의 의견을 따르고 있으며 독에 의해 목숨을 잃은 이들이나 치료를 이유로 공석이 된 곳에 조일곤의 사람이 들어차고 있다. 물론 그들 역시 세가의 사람들이지만 분명 문제가 있어. 게다가 뭔가가 이상해."

"뭐가 이상하다는 말씀입니까?"

당초성의 물음에 대답을 한 사람은 당연이었다.

"처음 독이 세가에 퍼지기 시작했을 때 저희 용독당과 의선당은 각자의 위치에서 조사하고 판단한 것들을 서로 공유하며 독의 종류와 중독 과정을 찾아내기 위해 최선을 다했어요. 뭐, 나름 성과도 있었지요. 한데 언제부터인지 서로의 공조가 조금씩 어긋나기 시작했어요. 아마, 우리가 독의 성분 중 하나가 옥향초가 아닌가 의심하고 있을 때부터일 거예요."

"그게 정말이더냐?"

당고후가 노해서 소리쳤다.

이 위급한 상황에서 용독당과 의선당의 불화라니 있을 수 없는 일이었다.

"확언할 수는 없어요. 어쩌면 저의 짐작일 뿐이니까요."

"그렇게 짐작하는 이유는 있겠지?"

"소소한 것들이 있기는 하지만 가장 큰 이유는 제공하는 각종 자료에 오차가 있다는 것이에요. 자세히 살펴보지 않으면 알아차릴 수 없지만 그 오차만으로 용독당에서 도출하는 결론은 확 차이가 나요. 옥향초만 하더라도 의선당에서 올라온 자료로는 찾아내지 못했어요. 순수하게 우리들의 힘으로만 찾아낸 것이지요."

"이놈들이! 당장 조치를 취해야 한다."

흥분하는 당고후와는 달리 당초성은 여전히 조심스러웠다.

"아직 확실하지도 않은 것을 가지고 분란을 일으킬 필요는 없다고 봅니다. 조금만 더 지켜보도록 하지요. 그리고 연아야."

"예, 오라버니."

"내 한 가지 묻고 싶은 것이 있다."

"어떤……."

"현재까지 독에 중독되어 목숨을 잃은 이들의 수가 약 백여 명. 한데 직계보다는 방계의 인원이 압도적으로 많더구나."

"그랬나요?"

당연이 당초성이 언급하고자 하는 바를 이해하지 못하고 고개를 갸웃거릴 때 당고후가 물었다.

"왜? 그게 문제라도 되느냐?"

"당연히요. 독에 중독된 비율은 비슷한데 목숨을 잃는 대다수가 방계 출신입니다. 자연히 문제가 생길 수밖에 없습니다."

"그거야 무공의 차이가 아니더냐? 무공이 강한 사람은 독에 대한 저항력도 당연히 강할 수밖에 없다."

"아니요. 단순히 무공의 차이라 볼 수는 없었습니다. 혹여 차별 대우를 받은 것은 아닌지 모르겠습니다."

"뭐라? 차… 별 대우?"

당고후가 당황하고 있는 당연에게 고개를 돌렸다.

"절대로요. 그런 일은 있을 수 없어요."

당연이 강하게 부정을 했다.

"오해는 하지 말아라. 나 역시 그럴 리는 없다고 생각한다. 혹시나 해서 하는 말이야."

"아니. 내가 보기엔 문제가 있어 보인다. 어찌 된 일인지 알아봐야겠어."

당철이 심각한 표정으로 말하자 당송이 고개를 끄덕였다.

"내 생각도 같다. 하나, 이건 단순히 용독당에만 국한된 문제는 아닌 것 같구나. 어쩌면 용독당보다는 의선당 쪽에 무게를 둬야 할지도 모르는 일이야. 초성아."

"예."

"더불어 아까 내가 한 말도 흘려들어선 안 될 것이다."

"작은할아버님께서 무엇을 걱정하시는지 잘 알겠습니다. 지금은 뭐라 드릴 말씀이 없지만 걱정하지 마시라고, 그저 모든 것을 염두에 두고 있었다는 것은 말씀드릴 수 있겠네요."
 당송의 얼굴이 그제야 활짝 펴졌다.
 "역시. 네가 그리 말하면 그런 것이겠지."

第四十六章

마노(馬老)

 당초성이 당가에 도착한 지 정확히 사흘째 되던 날 새벽, 곽운이 시신처럼 축 늘어진 사내를 업고 은밀히 의선당을 방문했다.
 "당주님."
 "자네가 이 시간에… 누군가?"
 아침잠을 방해받은 조일곤이 눈살을 찌푸리며 물었다.
 "모릅니다."
 "몰… 라?"
 조일곤이 의문 가득한 눈으로 사내와 곽운을 번갈아 바라보았다.

"어제부터 당가타를 어슬렁거리기에 주목했던 녀석인데 새벽녘 본가에 잠입을 하다가 북문에 설치된 기관에 당했습니다."

"본가에 잠입을? 미친놈이군. 한데 죽은 것인가?"

"아닙니다. 단순히 기절했을 뿐입니다."

"한데 뭣 하러 데리고 온 것인가? 집법당으로 데리고 가면 될 것을."

"놈의 품에서 이런 것이 나왔습니다."

곽운이 품에서 꺼낸 것은 푸른빛이 은은히 감도는 비단봉투였다. 크기라 봐야 고작 손바닥 하나를 덮을 정도였다.

"밑을 보시지요."

곽운의 말을 따라 시선을 내리자 조그만 글씨가 보였다.

당초성 친전(親展).

순간, 조일곤의 눈썹이 꿈틀댔다.

"하면 이놈이 본가에 잠입하려 한 것이 초성이를 만나기 위함이란 말인가?"

"아무래도 그런 것 같습니다."

"대체 무슨 편지기에 이렇듯 은밀히."

"식솔들도 모르게 전하려 한 것을 보니 뭔가 중대한 비밀이 있는 것 같습니다."

"흠."

나직이 침음을 흘린 조일곤이 봉투를 열기 전, 곽운을 흘깃 바라보았다.

"살펴보았나?"

곽운이 숨도 쉬지 않고 대꾸했다.

"보지 않았습니다."

"그렇군."

조일곤이 의심이 걷히지 않은 표정으로 봉투를 열었다. 봉투 안엔 조그만 서찰 하나가 들어 있었다.

조일곤이 긴장된 표정으로 서찰을 열었다.

"헛!"

서찰에 적인 글귀를 확인한 조일곤이 다급히 숨을 들이켰다.

"무슨… 내용이기에 그리 놀라십니까?"

곽운이 의아한 눈으로 묻자 조일곤이 황급히 서찰을 봉투에 넣었다.

"아니네. 아무것도 아니야. 자넨 이만 나가보게."

"이자는 어찌합니까?"

"내가 좀 더 알아볼 것이 있으니 두고 나가게."

"알겠습니다. 전… 이만 나가보겠습니다."

곽운은 궁금함을 애써 참으며, 또한 약간의 불쾌감을 가지고 당주실에서 물러났다.

그가 완전히 사라지는 것을 확인한 후, 긴 한숨을 내쉰 조일곤이 다시 한 번 서찰을 펼쳤다.

조일곤.

서찰엔 오직 이름 하나만 적혀 있었다.
"대체 내 이름이 왜? 도대체 무슨 의미란 말인가?"
조일곤은 혼란함을 감추지 못하고 한참 동안이나 머리를 굴렸다. 하나, 아무리 머리를 굴리고 생각을 해봐도 어째서 자신의 이름 하나만 달랑 써 있는 서찰이 당초성에게 전해지려 한 것인지 알 수가 없었다.
"혹? 아니야. 그럴 리 없어."
조일곤의 시선이 서찰로 향했다.
"잠행록이 탈취당했다면… 완전히 배제할 수도 없는 거잖아."
조일곤은 몇 번이나 고개를 흔들며 생각을 정리하고자 했다.
"일단은 저놈을 추궁해 봐야겠구나. 그럼 어찌 된 일인지 알 수 있겠지."
조일곤은 마취독에 취해 여전히 정신을 차리지 못하고 있는 사내, 대정련 군사 직속 명안(明眼)에 속한 첩보원을 독사처럼 노려보고 있었다.

*   *   *

 한 사내가 객점의 계단을 바쁜 걸음으로 오르더니 사층 중앙의 방문을 두들겼다.
 "대주님."
 "무슨 일이냐?"
 정오가 가까운 시간임에도 잠이 덜 깬 것인지 질문엔 짜증이 가득 묻어났다.
 "당가에서 연락이 왔습니다."
 "당가에서? 들어오너라."
 사내가 방문을 열고 들어가자 웃옷을 활짝 벗어젖힌 중년인이 침상에 걸터앉아 그를 기다리고 있었다.
 "왜? 무슨 연락이냐?"
 "그것이……."
 사내가 서찰을 전했다.
 빠르게 읽어 내려가는 중년인의 얼굴이 차갑게 식었다.
 "주진(周眞)."
 "예, 대주님."
 "아이들 준비시켜라. 두 분 호법님들께도 말씀드리고. 당가타로 이동할 것이다."
 "바로 치는 겁니까?"

"일단 상황을 봐야겠지만 아마도 그리될 것 같구나."
"존명!"
새벽녘에 날아든 서찰에 당가타 남동쪽 백 리 밖에 은밀히 진주해 있던 흑영전단 제일대가 움직이기 시작했다.

*   *   *

땅거미가 조금씩 내려앉을 무렵, 당초성이 당가타에서도 가장 외진 북쪽 끝자락에 위치하고 있는 좌운각을 찾았다.
"여긴 언제 보아도 아늑하군요."
발걸음을 잠시 멈추고 좌운각을 병풍처럼 둘러싸고 있는 노송들을 감상하던 당초성이 그를 마중 나온 사촌 형 당유조(唐流造)에게 부드러운 미소를 보였다.
당유조의 입술이 살짝 뒤틀렸다.
"그러냐? 아늑하다기보다는 꼭 유배를 온 것처럼 고립된 느낌이 강한 듯싶다만."
어딘지 모르게 뼈가 있는 말이었다.
"백부님은요?"
"안에 계신다."
당초성이 당유조의 안내를 받으며 안으로 들어선 좌운각엔 부드러운 차향이 가득했다.
"백부님."

떨어지는 해를 보며 차향을 즐기던 당록(唐綠)이 천천히 고개를 돌렸다.
"왔구나."
"그간 강녕하셨습니까?"
"글쎄. 네가 보기엔 어떠냐? 잘 지내는 것 같으냐?"
당록이 찻잔을 내밀며 묻자 당초성이 마주 웃었다.
"차향이 좋은 것을 보니 그러신 것 같습니다."
"어째 질책하는 것 같구나. 나 혼자 편히 지내고 있다고 말이다."
"그럴 리야 있겠습니까? 물론 조금 섭섭한 마음은 있지만요."
"섭섭해? 무엇이?"
당초성의 얼굴이 조금 굳어졌다.
"세가가 어떤 지경인지 아시지 않습니까?"
"세가라… 하긴 요즘 문제가 있다고 들었다."
"백 명이 넘게 죽었고 앞으로 얼마나 많은 이들이 쓰러질지 모릅니다."
"나와는 상관없는 일이다. 또한 내가 나설 자리도 아니고."
"가족입니다."
당록이 당초성의 눈을 가만히 응시했다.
어딘지 모르게 위압감을 주는 묘한 눈빛. 주눅이 들 만도 하건만 당초성은 그의 눈을 피하지 않았다.

"요즘 들어 날파리가 꼬이던데."
"알고 계셨습니까?"
"모르리라 생각했느냐?"
"백부님을 감시하고자 함은 아니었습니다."
"아니면?"
"……."
"이번 일이 나와 관계가 있다고 여기는 것이 아니란 말이냐?"
"아닙니다."
"아니다? 하면 어째서?"
"백부님은 아니시지만 유감스럽게도 좌운각은 그들과 연결이 되어 있습니다."

순간, 당록의 이마에 내천 자가 만들어졌다.

"무슨 의미더냐?"

조금 전과는 비교할 수도 없을 정도로 날카로운 눈빛이 당초성을 짓눌렀다. 하나, 당초성은 꿋꿋하게 버텨냈다.

"형님이… 관여하고 있는 듯합니다."
"유… 조가?"

당록의 음성이 떨렸다.

날카롭던 눈빛은 어느새 사라진 것이 무척이나 당황한 듯했다.

"예."

"확실한 것이냐?"

"예. 확실합니다."

"설명을… 듣고 싶구나."

자신을 짓누르는 힘이 사라지는 것을 느끼며 당초성은 가볍게 숨을 골랐다.

"세가에 문제가 생긴 것을 알고 귀향을 하면서 가장 먼저 떠올린 것은 좌운각. 백부님이었습니다."

"그렇겠지."

순순히 고개를 끄덕였지만 당록의 입가에 지어진 싸늘한 웃음은 당초성의 가슴을 서늘하게 만들었다.

"하지만 곧 생각을 접었습니다."

"접었다? 어째서?"

"백부께선 이런 식으로 식솔들을 궁지에 몰아세우실 분이 아니니까요."

"자신하느냐?"

"애당초 그러실 분이라면 그렇게 순순히 가주의 자리를 포기하시지 않았을 겁니다. 동생보다 뛰어난 무공, 지혜, 신망까지 얻고도 가주직을 포기하신 분입니다. 피를 보기 싫었기 때문에. 한데 이제 와 세가를 도모한다는 것은 우스운 일이지요."

"……"

"아닙니까?"

"부정할 이유를 찾기 힘들구나. 맞다. 지금 이런 식으로 일을 벌일 것이라면 애당초 그때 했겠지."

"예. 한데 유조 형님이 이제 와 그 일을 하려고 합니다."

"증거는 있느냐?"

"몇 가지 더 확인 중입니다만 분명합니다."

당록의 표정이 절로 무거워졌다.

어릴 적부터 말 한마디에 천금의 의미를 담는 당초성이었다. 더구나 이렇듯 중요한 일에 허언이 있을 수 없었다.

당초성이 대답을 미루고 차를 홀짝거리자 당록의 입에서 한숨이 흘러나왔다.

"어느 정도까지나 개입되어 있는 것이냐? 아니, 누구냐? 녀석이 비록 야심이 크고 반골 기질이 있다고는 하나 이렇게 대담한 녀석이 아니다. 큰일을 도모할 능력도 없고. 틀림없이 놈을 부추기는 배후가 있을 것이다. 누구냐, 그놈이?"

잠시 망설이던 당초성이 조심스레 입을 열었다.

"고모부입니다."

"고모부라면… 매, 매제 말이냐?"

당록의 눈이 휘둥그레졌다.

"그렇습니다."

"매제가 왜?"

"이유는 저도 모릅니다. 한 가지 의심스런 점이 있기는 하지만 그것은 확실하지가 않아서… 어쨌건 모든 정황이 고모부님을 향하고 있습니다."

"자세히, 자세히 말해보거라."

"몇 가지 이유가 있습니다만 처음 고모부님을 의심한 것은 제가 이곳에 오기……."

당초성의 말은 이어질 수가 없었다. 좌운각에 생각지도 못한 손님들이 찾아왔기 때문이었다.

"숙부님."

당록이 벌떡 일어나며 예를 표했다.

"오랜만이구나."

당송이 손짓으로 가볍게 인사를 받았다.

"나도 왔다."

당고후가 편치 않은 기색으로 자리에 앉았다.

그뿐만이 아니었다.

당철과 부당주 당연, 세가 내의 경비를 책임지는 내당주 당권(唐卷)의 모습까지 보였다.

"아니, 대체 무슨 일들이십니까?"

당초성이 놀란 눈으로 물었다. 그러자 오히려 당송이 얼굴을 찌푸렸다.

"네가 오라고 하지 않았느냐?"

"예?"

"무슨 일이기에 이리 급히 부른 것이냐? 그것도 이곳 좌운각에. 이 녀석들이 하도 헐레벌떡 뛰어오기에 난 네게 큰일이라도 난 줄 알았다."

당고후가 의심 가득한 얼굴로 당록을 바라보았다.

"그럴… 리가요."

얼떨결에 입을 열던 당초성이 뭔가에 생각이 미쳤는지 고개를 홱 돌렸다.

"배, 백부님, 혹 저를 찾으신 것이……."

"무슨, 난 그저 네가 인사를 드리러 온다는 말을 전해 듣고 기다리는……."

당록과 당초성의 시선이 허공에서 얽혔다.

둘의 안색은 이미 하얗게 질려 있었다.

"유조 형님!"

"유조!"

그때였다.

좌운각의 모든 창문이 일시에 닫히고 문에서도 고리를 채우는 소리가 들렸다.

"네 이놈! 이게 무슨 짓이냐?"

당록이 아직 닫히지 않은 창문, 그곳에 서서 안을 바라보는 당유조에게 벼락 같은 호통을 쳤다.

"죄송합니다, 아버님. 어쩔 수가 없었습니다."

"어쩔 수가 없다니! 네가 지금 무슨 짓을 하는 것인지 알기나 하는 것이냐?"

"잘못된 것을 바로잡기 위함입니다."

"너……."

당유조의 시선이 당송과 당초성 등에게 향했다.
 "애당초 당가는 아버님 것이었습니다. 그리고 제 것이기도 했고요. 그것이 순리였습니다. 한데 당연했던 것이 부정당했습니다. 아버님은 이곳에 유폐를 당하셨고 저 또한 날개 꺾인 새가 되고 말았습니다."
 "세가의 어른들이 결정했고 내가 따른 것이다."
 "그것을 이해할 수 없는 겁니다. 저 녀석이 팔룡이기 때문인가요? 문곡성의 정기를 받고 태어난. 단지 그 이유 하나만 가지고 숙부보다 훨씬 뛰어난 아버님을 끌어내린 것이 온당하다고 보십니까?"
 당유조의 싸늘한 시선이 당송과 당고후에게 향했다.
 "어르신들의 결정은 장자승계의 전통을 무시한 처사였습니다. 검증되지도 않은 한낱 전설 따위를 믿고 말입니다."
 "과연 그럴까?"
 당송의 입가에 차가운 미소가 흘렀다.
 "너는 우리가 단순히 전설 따위나 믿고 그런 결정을 내렸다고 보느냐?"
 "아닙니까?"
 "네 아비는 충분히 훌륭했다. 좀처럼 보기 힘든 기재였고 많은 이들에게 신망을 쌓았지. 누구보다 훌륭한 가주가 될 재목이었어."
 "한데 어째서입니까? 어째서 아버님을 버리고 숙부를 택한 겁니까?"

당유조가 언성을 높였다.

"네놈 때문이다."

"예?"

"네놈 때문이란 말이다."

당유조가 대꾸할 말을 잃자 당송이 한심해하는 표정으로 말을 이었다.

"네가 가주의 재목이 아니었다는 말이다. 그에 반해 이 녀석은 너무도 뛰어났고, 네 아비는 물론이고 역대 그 어떤 가주보다 훌륭한 가주의 재목이란 말이다. 그건 너도 인정하겠지?"

당송이 가리킨 사람은 당초성이었다.

"……."

"이 녀석이 태어나고 그 능력을 보인 순간부터 분란은 이미 예고되어 있었다. 이 아이가 있는 한 너는 세가의 가주가 될 수 없다. 설사 장자승계의 전통이 너를 지켜주려고 해도 세가의 사람들이, 당가타의 가족들이 그것을 인정하지 못해. 승천하는 용을 놔두고, 날개를 활짝 핀 봉황을 놔두고 어찌 뱁새를 가주로 인정하느냔 말이다."

"마, 말도 안 되는."

당유조의 음성이 마구 떨렸다.

"그때는 필연적으로 피를 볼 수밖에 없다. 이 녀석은 제가 원하지 않아도 세가의 가주가 될 수밖에 없는 운명이고 너는 그것을 절대 용납하지 못할 테니까. 하지만."

당송의 안타까운 시선이 당록에게 향했다.

"네 아비는 참을 수 있는 사람이었다. 자신이 세가의 가주가 되면 훗날 세가가 분란을 피할 수 없다는 것을, 피바람이 분다는 것을 알기에 그것을 막고자 스스로를 버릴 수 있었던 사람이란 말이다. 그랬기에 자신보다 못난 동생에게 가주직을 넘긴 것이다. 당가를 위해, 그리고 바로 너를 위해."

모두들 말을 잃었다.

차기 가주가 유력했던 당록이 유배되다시피 좌운각으로 물러난 이유가 그저 세가 내의 세력 싸움에서 패한 것으로 추측하고 있던 사람들은 그의 숭고한 희생에 절로 숙연해졌다.

그건 당초성 역시 마찬가지였다.

"백부님."

"다 지나간 일이다."

당록이 당초성의 어깨를 지그시 누르며 씁쓸히 웃었다.

"이제 알겠느냐? 네가 어떤 짓을 한 것인지. 너는 네 아비가 모든 것을 포기하면서까지 지키려고 했던 것을 무너뜨렸다. 한낱 내 욕심 때문에 백여 명도 넘는 식솔들을 죽음에 몰아넣으면서 말이다."

당송의 꾸짖음은 숨도 쉬지 못할 만큼 준엄했다.

당유조는 입이 있어도 할 말이 없었고 있다 해도 감히 열지 못했다. 그저 흔들리는 눈동자로 부친을 바라볼 뿐이었다.
 '그런… 것이었습니까? 아버님께서 이런 모욕을 받으신 것이 모두 저 때문이었단 말씀입니까? 못난 저 때문에?'
 당유조의 눈에서 눈물이 흘렀다. 비로소 자신이 무슨 짓을 저지른 것인지 깨달은 것이다.
 "아, 아버님. 저는……."
 "바보… 같은 녀석. 그저 욕심만 조금 버리면 될 것을……."
 당록이 슬픈 눈으로 그를 바라보았다.
 "어서 이 문을 열거라. 이제라도 바로잡아야 하지 않겠느냐?"
 순간, 당유조의 등 뒤에서 비웃음 섞인 음성이 들려왔다.
 "그럴 수야 없지요."
 어느새 당유조의 마혈을 제압한 조일곤이 얼굴을 내비쳤다.
 "네놈!"
 당록의 눈에서 엄청난 살기가 폭사되었다.
 당장에라도 문을 박차고 나가려는 찰나, 조일곤이 창문 사이로 쇠구슬 하나를 흔들었다.
 "큰일 납니다. 문에 조그만 충격이라도 있는 날엔 이 녀석들이 터집니다. 아시지요. 그리되면 모조리 황천길이라는 것을."
 조일곤이 쥐고 흔드는 것이 독왕뢰라는 것을 확인한 당초성이 황급히 당록을 말렸다.

"그게 어째서 고모부님 손에 있는 겁니까?"

독왕뢰는 그야말로 당가의 비전. 위험한 만큼 특별한 장소에 보관되어 왔고 가주의 허락 없이는 단 한 개도 유출될 수 없는 물건이었다.

당초성의 질문에 조일곤이 피식 웃음을 터뜨렸다.

"네가 없는 동안 실질적인 당가의 가주는 나였다. 많지는 않아도 두어 개 정도 빼돌리는 것은 문제도 아니지. 그러니 행여나 쓸데없는 행동은 하지 말거라. 그나저나……"

조일곤이 못마땅한 표정으로 당유조를 응시했다.

"마음이 이리 약해서야 무슨 일을 하겠다고."

"네놈이 유조를 부추긴 것이 틀림없구나!"

당록이 불같이 노하며 소리치자 조일곤이 싱긋 웃었다.

"형님도 참 마음고생 심하셨겠소. 이리 심약하고 강단없는 놈이 자식이라니. 쯧쯧."

"너!"

"덕분에 일은 쉽게 진행되었지만. 후후후."

조일곤이 승리감에 도취된 모습을 잠시 노려보던 당초성이 말했다.

"당신이 바로 암흑마교의 간자였군."

조일곤의 웃음이 뚝 끊겼다.

"어떻게 알았지?"

조일곤이 순순히 인정을 하자 다들 경악을 금치 못했다.

"암흑… 마교?"

"가, 간자라고 했느냐, 지금?"

당송과 당고후가 두 눈을 부릅뜨며 당초성을 바라보았다.

"예. 암흑마교의 간자입니다. 잠행록을 해독하는 과정에서 몇몇 문파에 암흑마교의 간자가 잠입해 있다는 것을 알게 되었는데 설마하니 본 가에도 잠입해 있을 줄은 몰랐습니다."

"훗, 이제야 이런 서찰이 네게 온 이유를 알겠다."

조일곤이 웃음을 터뜨리며 지난밤, 명안의 첩보원에게서 빼앗은 서찰을 당초성에게 던졌다.

서찰을 집어 든 당초성이 의아한 눈으로 바라보자 조일곤이 의기양양하게 말했다.

"그저 내 이름만 딸랑 적혀 있는 서찰. 아마도 잠행록을 해석한 것이겠지?"

'영운설 소저가 해석한 모양이군. 한데 하필이면……'

당초성의 입에서 나직한 한숨이 흘러나왔다.

"덕분에 일을 서두르게 되었다. 네가 벌써 눈치를 채고 있었다니. 후~ 새벽에 이 서찰을 취하지 못했다면 큰일 날 뻔 했어."

'하루만, 하루만 늦게 왔어도.'

당초성이 입술을 지그시 깨물었다.

의심은 확신으로 변했고 물증도 거의 준비되려는 찰나였다. 한데 너무도 공교롭게 도착한 서찰로 인해 모든 것이 물거품이 되고 말았으니 실로 땅을 칠 일이었다.
 서찰이 당초성의 손에서 엉망으로 구겨졌다.
 "이제 어쩔 생각이오?"
 "당가를 접수해야지."
 조일곤이 너무도 쉽게 대답했다.
 "그게 그리 쉬울 것 같으냐?"
 "네놈 따위에게 굴복할 당가가 아니다!"
 당송과 당고후가 흥분하여 소리쳤다.
 "하하, 너무 자신하지 마십시오. 두고 보시면 아시겠지만 굴복하게 될 것입니다."
 조일곤의 시선이 참담함에 말을 잃고 있는 당록에게 향했다.
 "형님, 그렇게 상심할 필요는 없소. 유조가 이제 곧 당가의 차기 가주가 될 터이니."
 "뭣이라!"
 "잠시 후, 당가타에 본교의 정예가 들이닥치게 될 것이오. 살인에 방화. 지금껏 겪어보지 못한 끔찍한 일이 일어나게 되겠지. 그리고 그들은 나와 유조의 활약으로 격퇴될 것이며 또한 세가를 공포에 떨게 만들었던 독도 해독이 될 것이오. 물론 몇몇 사람은 저승길로 간 다음이 되겠지만 말이오."
 그가 말하는 몇몇 사람이 가주를 비롯하여 당가의 핵심 인물들이라는 것은 굳이 언급하지 않아도 알 수 있었다.
 "유조가 모든 것을 알았다. 순순히 따르리라 보느냐?"

"이게 뭔지 아시오?"

조일곤이 품에서 꺼낸 조그만 옥병을 열었다. 그러자 새끼손가락보다 조금 작은 벌레가 꿈틀거리며 모습을 드러냈다.

온몸에 돌기가 나 있고 색깔은 시뻘건 것이 보는 것만으로도 몸서리를 치게 만들 정도로 징그러웠다.

"쇄… 령혈고(碎靈血蠱)!"

당철이 놀라 부르짖었다.

"호~ 역시 용독당의 당주. 대단한 안목이야. 맞다. 쇄령혈고다."

"배, 백독곡의 물건이 이찌?"

"쯧쯧, 쇄령혈고를 보면서도 깨닫지 못하다니. 내가 스스로 백독곡의 사람이라고 말을 해줘야 아나? 뭐, 이게 어떤 놈인지는 잘 알겠지? 몇몇에게 시험을 해봤는데 그 효과가 아주 좋더군."

조일곤이 당유조의 코에 쇄령혈고를 가져다 대자 느릿느릿 꿈틀대던 혈고가 번개 같은 속도로 콧속을 파고들었다.

"안 돼!"

당록이 참담한 표정으로 소리쳤다.

쇄령혈고.

말 그대로 영혼을 파괴하는 고독.

고독이 뇌리를 파고드는 순간, 당유조는 더 이상 당유조가 될 수 없었다. 오직 고독의 주인이 시키는 대로 할 수밖에 없는 꼭두각시가 될 뿐이었다. 무엇보다 무서운 것은 당사자가 그것을 전혀 눈치 채지 못하고 자연스럽게 그리된다는 것인데 천소종과 곽운이 자신의 의견을 피력하면서, 심지어 불만까지 드러내면서도 결국은 조일곤의 손에서 놀아나는 이유가 바로 그들의 뇌를 잠식한 쇄령혈고 때문이었다.

"이 녀석은 이제 암흑마교의 손에서 당가를 구한 영웅이 될 것이오. 당연히 차기 가주가 되겠지. 어차피 내 손바닥에서 뛰노는 것이기는 하겠지만."

"당신의 정체는 이미 드러났소. 암흑마교의 간자를 대정련에서 가만히 두고 볼 것 같소?"

당초성의 말에 조일곤은 피식 웃음을 터뜨렸다.

"싸움이 끝난 후, 조일곤은 더 이상 없다. 조일곤의 정체를 밝혀내고 당유조를 도와 세가를 지켜낸 영웅만 있을 뿐이지."

당초성 등이 의아한 마음을 금치 못하고 있을 때 조일곤이 뭔가를 꺼내 흔들었다.

"나는 더 이상 조일곤이 아니다. 장서각주(藏書閣主) 당숭(唐陞)이다. 당가를 휩쓴 독을 극적으로 이겨내고 당유조의 정신적 지주가 되는."

"수, 숙부님을 어찌한 것이냐?"

"염라대왕과 면담을 하고 있겠지. 크크크."

당초성이 기겁을 하며 묻자 조일곤이 손에 든 물건, 인피면구를 살랑거리며 말했다.

"한데 우리는 왜 살려두는 것이냐? 독왕뢰 하나면 끝날 일을."

당송이 물었다.

"독왕뢰가 확실하기는 해도 흔적이 남소. 당신들은 독왕뢰가 아닌 암흑마교의 고수들에게 죽은 것으로 해야지. 솔직히 독왕뢰와 함께 폭사했다고 하고 싶기는 한데 혹시나 의심을 품을 놈들이 있을지 모르거든. 뭐든 확실한 것이 좋으니까. 그런 의미에서……."

조일곤이 방 안으로 몇 가지 물건을 던졌다.

그 즉시 호흡을 차단하고 물러나는 사람들.

"의선당에서 특별히 제조한 산공독(散功毒)이오. 단순히 호흡만 막는다고 되는 게 아니니까 포기하는 게 좋을 거요. 괜히 고생하지 말고."

"네 뜻대로 될 것 같으냐!"

당고후가 살기로 점철된 눈으로 소리쳤다.

"당연히. 나라면 차라리 깨끗한 죽음을 기다리겠소. 지난 인생을 뒤돌아보면서. 하하하하!"

마지막 웃음과 함께 조일곤의 모습은 사라졌다. 하지만 아무도 움직일 수가 없었다. 다들 문을 박차고 나가 조일곤을 끝장내고 싶은 마음이었지만 독왕뢰가 설치된 이상 그럴 수가 없었다.

"어찌해야 한단 말인가!"

당송이 탄식했다.

"이대로, 이리 힘없이 놈에게 당가가 유린되는 것을 보고 있어야 한단 말인가!"

당고후가 가슴을 쥐어뜯었다.

"아직 포기하기에 이릅니다. 힘을 내십시오."

당초성의 말에 당록이 고개를 흔들었다.

"무슨 수가 있겠느냐? 우리가 이곳에 묶여 있는 이상 놈을 막을 수 있는 사람은 없다."

"분명 방법이 있을 겁니다. 분명히!"

당초성은 포기하지 않았다.

'마노······.'

*   *   *

검은 죽립, 검은 무복, 검은 장삼.

머리에서 발끝까지 온통 검은색으로 치장한 흑영일대가 당가타에 모습을 보인 것은 전에 없이 아름다운 붉은 노을이 온 하늘을 물들이고 있을 때였다.

노을빛을 마주하며 들이친 흑영일대는 무차별한 학살을 시작했다.

그들의 손에는 인정이 없었다.

남녀노소를 가리지 않고 보이는 족족 목숨을 빼앗았으며

저항을 포기한 사람들에게도 거침없이 살수를 뻗었다.

 집이란 집은 모조리 불에 탔고 심지어 곡식이 익어가는 들판도 활활 타올랐다.

 당가에서 쏟아져 나온 고수들이 흑영일대를 막아섰고 정신을 수습한 당가타의 사람들도 필사적으로 싸우며 대항했지만 당가타를 휩쓴 참화를 피해 도망친 사람은 고작 사 할도 되지 않았다.

 고작 반 시진 만에 당가의 뿌리이자 든든한 울타리였던 당가타가 초토화되고 말았다.

 당가타를 접수한 흑영일대의 검은 곧 당가로 향했다. 하지만 수백 년 동안 단 한 번도 적의 침입을 허락하지 않았던 당가는 가히 철옹성과 같았다.

 동서남북. 각기 네 곳에서 파상공세가 이뤄졌음에도 단 한 곳도 뚫린 곳이 없었다.

 가장 공세가 거셌던 서문이 일시적으로 무너지면서 위기가 오기도 했지만 병석에서 자리를 털고 일어난 장서각주 당숭의 눈부신 활약으로 끝내 적의 공격을 물리칠 수 있었다.

 당가타를 휩쓰는 동안에도 거의 손실이 없었건만 시간이 갈수록 점점 피해가 누적되자 흑영일대주 뇌강은 어쩔 수 없이 공세를 멈추고 퇴각을 명령했다.

 흑영일대가 물러나는 것으로 두 시진 동안 벌어진 혈투는 일단 당가의 승리로 끝이 났다.

승리의 함성 따위는 없었다.
싸움이 끝났다고 여기는 사람은 아무도 없었음으로.

"피해가 얼마나 되느냐?"
호법 우한이 흑영일대주 뇌강(雷鋼)에게 물었다.
보통 사람보다 머리 하나는 더 크고 팔뚝이며 다리통의 두께 또한 두 배는 훨씬 넘어 보이는 거한 뇌강이 어깨에 박힌 암기를 뽑아내며 말했다.
"삼 할이 조금 안 됩니다."
흑영일대의 수가 이백이니 적어도 오십여 명 이상이 당했다는 말이었다.
"흠, 생각보다 많이 당했군."
"명색이 당가잖은가? 암기도 암기지만 독 때문에 솔직히 껄끄러운 적이야."
당연하다는 듯 고개를 끄덕인 호주청이 뇌강의 팔을 가리키며 물었다.
"상처는 괜찮으냐?"
"모기에 물린 것만도 못합니다."
뇌강이 어깨를 빙글빙글 돌리며 호기롭게 외쳤다.
"상처가 문제가 아니다. 독을 말함이야."
"독을 바른 것은 아니었습니다."
"그나마 다행이군."

"그까짓 독에 당할 제가 아닙니다."

"쯧쯧, 쓸데없는 자신감. 천하에 당가의 독을 두려워하진 않는 사람은 없다. 설사 우리라 해도 당가의 독은 경계 또 경계해야 돼. 괜한 만용에 너는 둘째 치고라도 아까운 수하들의 목숨만 사라진다."

"죄, 죄송합니다."

호주청의 엄한 질책에 뇌강은 덩치에 어울리지 않는 표정을 지으며 고개를 숙였다. 그를 난처함에서 구해준 것은 주진이었다.

"대주님."

"무슨 일이냐?"

"당가에서 연락이 왔습니다."

주진이 서찰을 내밀었다.

빠르게 읽어 내려가는 뇌강이 고개를 끄덕이며 손짓을 했다.

"알았다고 전해라."

"예."

주진이 물러가자 뇌강이 두 호법에게 공손히 입을 열었다.

"당가타 북쪽에 있는 좌운각을 쳐달라고 하는군요."

"좌운각? 당가타에 그런 곳도 있더냐?"

우한이 이마를 살짝 찌푸리며 물었다.

"그곳에 당가의 소가주를 비롯하여 핵심 인물들을 제압해 두었다고 합니다."

"제압을 했는데 우리에게? 우리 손을 빌려 없애고 싶다는 말이겠군. 일부러 흔적을 남겨서."

"그런 모양입니다."

"당가의 핵심 인물들이 모였다니 내가 직접 나서야겠구나."

"그래 주시겠습니까?"

뇌강이 황송하다는 표정을 짓자 우한이 혀를 찼다.

"쯧쯧, 명색이 흑영일대주라는 놈이 그런 경박한 표정 따위라니."

"죄, 죄송합니다."

"됐다. 그건 그렇고 당가와의 싸움은 어느 선까지 해야 한다고 하더냐?"

"이삼 일 적당히 치고 빠지면 될 것이라 했습니다. 굳이 서로에게 피해를 입힐 필요도 없이 신경전 정도만 벌이면 될 것이라고요."

"그렇게 말하는 것을 보니 계획대로 된 모양이군."

"한데 호법님."

"왜 그러느냐?"

"굳이 이런 식으로 해야 합니까? 차라리 깨끗하게 밀어버리는 것이……."

순간, 우한의 안색이 싸늘해졌다.

"네가 그러니까 다른 대주들에 비해 대접을 못 받는 것이다. 직접 겪어보고도 그러느냐? 당가는 네가 원한다고 그렇게 쉽게 쓸어버릴 수 있는 곳이 아니다. 게다가 당가는 이미 그의 손에 떨어진 것이나 마찬가지. 하면 이후의 당가는 아군이라 할 수는 없어도 최소한 적군도 아니다. 아니, 어쩌면 훗날 요긴하게 써먹을 수도 있으니 우호적 세력이라고 할 수 있겠군. 이미 우리가 얻을 수 있는 이익은 충분히 얻었단 말이다. 한데 뭣 하러 쓸데없는 피해를 보려는 것이냐?"

"……."

뇌강이 할 말을 찾지 못하고 머뭇거리자 호주청이 우한에게 살짝 고개를 흔들었다.

짧게 한숨을 내쉰 우한이 조금은 부드러워진 어조로 말했다.

"네가 무엇을 원하는지는 안다. 솔직히 이런 것은 본교의 방식이 아니지. 하나, 쉬운 길을 놔두고 일부러 어려운 길을 갈 필요는 없는 것 아니더냐? 하니 너무 앞서 나가지 말고 그저 계획대로 적당히 치고받거라. 그렇다고 너무 무르게 하여 저들의 의문을 사는 일은 없어야 할 것이다."

"알겠습니다."

잔뜩 풀이 죽은 뇌강이 기어들어 가는 목소리로 대답했다.

그 모습이 화가 치미는지 우한의 눈꼬리가 승천하듯 치켜올라 갔으나 호주청이 다시 한 번 고개를 흔들어 그를 만류했다.

* * *

"대체 어찌 된 일입니까?"

제대로 된 휴식도 없이 싸움이 끝나자마자 모인 탓인지 집법당주 당참(唐懺)의 얼굴엔 핏자국이 잔뜩 묻어 있었다.

"소가주는 어디에 있는 건가?"

제련각주 당견(唐見)도 답답함을 참지 못하고 물었다.

"대장로님은 물론이고 의선당주와 용독당주도 보이지 않습니다."

"내당주는 어찌 된 겁니까? 설마 놈들과 싸우다 전사한 겁니까?"

무수한 질문이 쏟아졌다. 하지만 서로에게 쏟아진 질문에 대답을 해줄 수 있는 사람은 아무도 없었다. 그저 답답함을 토로하는 자리일 뿐.

결국 당숭이 나서야 했다.

"잠시 진정들 하십시오."

전투의 여파가 남아 있는 것인지 당숭의 안색은 파리했다.

"괜찮은가? 안색이 좋지 않아."

당견이 걱정스런 얼굴로 물었다.

"괜찮습니다. 조금 무리를 해서 피곤하긴 하지만 그럭저럭 견딜 만합니다."

"어쨌거나 정말 다행이었습니다. 장서각주께서 계시지 않았다면 큰일 날 뻔했습니다."

당참이 몸을 부르르 떨자 당견이 고개를 끄덕였다.

"그러게. 서문이 뚫렸을 때 어찌나 놀랐는지 지금도 놀란 가슴이 진정이 안 될 정도라네."

"운이 좋았습니다. 때마침 제련각의 무기도 당도했고요."

이번 싸움에서 누가 뭐라 해도 수훈갑은 제련각에서 만들어낸 각종 암기들이었다. 특히 한 번에 서른여섯 개의 화살을 스무 번이나 연속적으로 발사할 수 있도록 설계된 회회탈명전(廻廻奪命箭)의 위력은 실로 독보적이었다.

서문을 공략했던 대다수의 적이 그 회회탈명전의 공격에 쓰러졌으니 당승의 말도 과언은 아니었다.

기분이 좋은 것인지 당견이 어깨를 으쓱이며 말했다.

"말은 고맙지만 자네가 그때까지 버텨주지 않았으면 애당초 필요도 없는 물건이었네. 하, 어제까지만 해도 독에 중독되어 사경을 헤매던 자네가… 하늘이 당가를 버리지 않았음이야."

"아직 놈들의 공격은 끝나지 않았습니다."

"알지, 이제 시작이나 마찬가지. 한데 이 중요한 판국에 소가주와 대장로님의 행방이 묘연하니. 후~"

답답함을 참지 못한 당견이 차갑게 식은 차를 단숨에 들이켰다.

"일단 세가 내에 없는 것은 확실합니다."

"혹 놈들에게 당한……"

당참은 차마 다음 말을 잇지 못했다.

"아니요. 조카 한 명도 아니고 대장로님을 비롯하여 여섯 명이나 사라졌습니다. 또한 설사 놈들이 은밀히 암습을 했다 해도 다른 사람은 몰라도 대장로님이 그렇게 아무런 흔적도 남기지 않으시고 쓰러지실 분이 아니고요."

"그도 그렇지요. 그분이 어떤 분인데."

당참이 크게 심호흡을 하며 말했다.

"용독당의 당주와 의선당의 당주가 함께 없어진 것을 보면 다른 이유가 있는 것도 같습니다."

당승의 말에 모두의 시선이 쏠렸다.

"다른 이유라니?"

"본 세가를 괴롭히는 독에 대한 결정적인 단서를 얻었다거나 아니면 그에 상응하는 뭔가를……."

말이 끝나기도 전에 당참이 끼어들었다.

"어쩌면 암중의 적을 쫓고 있을 수도 있겠군요."

"그렇다면 다행이기는 하지만… 하필 이런 때에."

당견의 입에서 절로 한숨이 흘러나왔다. 그러다 문득 말석에 앉아 침묵하고 있는 당유조에게 시선이 갔다.

"아, 큰 숙질도 고생했네."

"아닙니다."

당승이 흐뭇한 미소를 지으며 당유조를 격려했다.

"아니다. 서문이 뚫리지 않은 것은 나보다 네 공이 우선이었다. 설마하니 너의 무공이 그토록 뛰어난 줄 몰랐구나."

"한데 아버님께선……."

당견의 음성엔 어떤 기대감이 묻어 있었다.
"독에 중독되셔서……."
"아, 그분마저. 하긴, 그렇지 않다면 이런 소란 속에서 침묵을 지키실 분이 아니지. 후~ 형님께서 건재하시다면 좋았을 것을."
당견의 탄식을 듣는 당유조의 눈동자가 마구 흔들렸다. 하나, 워낙 빠르게 사라진 터라 아무도 그것을 눈치 채지 못했다.

*　　　*　　　*

기나긴 밤이 지나고 좌운각에도 어김없이 여명이 밝아왔다.
좌운각에 갇혀 뜬눈으로 밤을 지새운 이들의 모습은 초췌했다.
조일곤이 사라진 직후, 저 멀리 당가타에서 들려오는 비명 소리는 그들의 심장을 갈기갈기 찢어발겼고, 충천한 화광(火光)은 두 눈을 파버리고 싶은 충동을 느끼게 할 정도였다.
독왕뢰의 위협 따위는 상관없이 팔다리 하나쯤은 떼어주고 당장 적과 마주하여 싸우고 싶었으나 그들이 할 수 있는 것은 아무것도 없었다. 독왕뢰도 독왕뢰지만 조일곤의 장담대로 그가 좌운각에 살포하고 간 산공독이 피부를 통해 흡수되어 모두의 내공을 앗아가 버린 것이다. 이젠 자유의 몸이 된다고 해도 제대로 싸울 수 없는 상태였다.

"허! 이 무슨 꼴이란 말인가? 내 죽어 어찌 조상님들을 뵐꼬."

당송의 탄식에 당록은 고개를 들지 못했다.

"모두가 제 탓입니다. 제 아픔만 생각했지 유조가 받을 상처는 생각하지 못한 탓에… 충분히 설명하고 이해를 구했어야 하는데. 너무 성급했습니다. 다 제 실수이며 잘못입니다."

차가운 바닥에 무릎을 꿇고 자책하는 당록. 어느덧 자책을 넘어 자신을 학대하는 수준까지 이르고 있었다. 마음속의 격정이 어찌나 대단했던지 단 하룻밤 만에 윤기나던 머리카락이 새하얗게 변해 버렸고 팽팽했던 피부엔 주름이 가득했다. 무엇보다 얼굴에 생기가 없었다.

"누구의 잘못도 아닙니다. 그저 적의 계획이 치밀했을 뿐. 의선당주가 간자였으리라 누가 예상했겠습니까?"

"그건 그렇다. 더구나 결혼 전부터 보았으니 내가 그 녀석을 알고 지낸 것이 벌써 삼십 년도 훨씬 넘었다. 허, 암흑마교의 간자였다니. 새삼 놈들이 무섭게 느껴지는구나."

당고후가 고개를 설레설레 흔들었다.

"그런 자들이 각 파에 무수히 잠입해 있었습니다. 끔찍할 정도였지요."

당초성이 잠행록을 해독하면서 알게 된 정보를 몇 가지 말했다.

다들 그의 말 한마디 한마디에 놀란 눈을 치켜떴다. 특히 소림사와 무당파에까지 적의 간자가 들어갔다는 말엔 허탈한 웃음을 흘릴 정도였다.

"그나저나 날이 밝아오고 있구나. 이제는 무슨 방법을 세워도 세워야 할 것 같다. 설사 독왕뢰와 폭사하는 한이 있더라도 이곳을 빠져나가야 해."

당송의 말에 모두의 표정이 결연해졌다.

오직 한 사람. 당초성만을 제외하고는.

당초성의 표정을 발견한 당연이 넌지시 물었다.

"오라버니, 무슨 방법이라도 있는 건가요? 어젯밤부터 뭔가를 기다리는 것 같았는데……."

당초성은 대답 대신 그저 부드러운 웃음을 지어주었다.

답답함을 느낀 당연이 재차 입을 열 때 당초성의 손가락이 그의 입술을 조용히 막았다.

끼끼끽.

탁한 마찰음과 함께 방문을 잠갔던 고리가 벗겨 나가는가 싶더니 결코 열릴 것 같지 않았던 방문이 열렸다.

모두의 긴장된 시선이 문으로 향하고 잠시 후, 왜소한 그림자가 문을 열고 들어왔다.

"마노!"

그림자의 정체를 확인한 당연이 놀라 부르짖을 때 당초성의 신형은 이미 그에게 달려가고 있었다. 그가 정상적인 몸이 아니라는 것을 눈치 챘기 때문이었다.

"소… 가주님."

"이게 어찌 된 것이오?"

당초성이 피투성이로 변해 버린 마노의 몸을 부축하며 물었다.

"늦… 었습니다. 제… 가 무, 무공이 부실해서… 그래도 다행… 히 문을 열… 수가 있었습니다."

"마… 노."

"암흑… 마교에 의해 당가… 타가 초토화… 본… 가는 버티고… 의선당… 주가 적의 간자… 행… 방이 묘… 연합니다. 아마… 도 장서… 각주가… 의선… 당주일 가… 능성이 높……."

"그만, 그만 하시오. 마노."

당초성이 마노의 상처를 살피며 고개를 흔들었다. 하지만 오장육부가 모조리 상한 마노는 회복불능의 부상을 당한 상태였고 그것은 마노 스스로도 잘 알고 있었다.

"의… 선당에… 서 찾… 아낸 것… 독… 의 해독… 법."

마노가 당초성에게 피 묻은 서찰을 건넸다. 다급히 쓴 것인지 알아보기가 힘들 정도였으나 해독이 불가능할 정도는 아니었다.

"고맙소. 고맙소, 마노."

당초성이 진심으로 고개를 숙여 감사를 표했다.

"그… 것이 이… 늙은이… 의 사명이… 자 영… 광… 더… 이상 모시지… 못… 해서 죄송… 합……."

"아니오. 이것으로 충분하오. 충분하오, 마노."

마노는 당초성의 외침을 들으며 희미하게 미소를 지었다.

그것이 그의 마지막 미소였다.

"……"

마노의 죽음 앞에 당초성은 망연자실했다.

그는 초조하게 마노를 기다렸다.

그것이 바로 조일곤의 술수에 빠졌음에도 포기하지 않고 기다렸던 최후의 한 수였다. 예상대로 마노는 자신을 찾아 좌운각까지 왔다. 하나, 마노의 죽음은 정말 상상도 하지 못한 것이었다.

"누구더냐?"

당송이 조심스럽게 물었다.

평생 당가의 마구간을 관리한 마노를 몰라서 묻는 게 아니었다.

당송은 그의 진실된 정체가 궁금했다.

당초성은 가만히 마노의 얼굴을 바라보았다.

검버섯이 잔뜩 낀 얼굴과 자글자글한 주름이 세월의 흔적을 고스란히 남겨놓고 있었다.

'그토록 오랫동안 당가를 위해서 애쓰신 겁니까? 아무도 알아주지 않았거늘.'

그래선 안 됐다.

당가를 위해 피를 흘리고 목숨을 바친 이들이 단지 비밀이라는 이유만으로 묻혀선 안 됐다. 과거엔 어땠는지 몰라도 최소한 자신의 대에 이르러선 그런 일은 없어야 했다.

"무영단주입니다."

"무영… 단주?"

당송이 고개를 갸웃거렸다.

지금껏 단 한 번도 들어보지 못한 이름이었다.

"본 가에 그런 단체도 있었느냐?"

당고후가 참지 못하고 물었다.

"무영단은 수백 년 동안 이어져 내려온 가주 직속의 비밀 정보세력입니다. 오직 가주와 소가주의 명만을 따르고 목숨으로 이행하는. 이제부터는 비밀이라 할 수도 없겠지만 말입니다. 비록 그들 개개인의 무공이 출중한 것은 아니지만 보시다시피 그 충성심만큼은 의심할 여지가 없지요."

"허!"

"세상에!"

당송은 물론이고 좌운각에 갇힌 모든 사람들의 두 눈이 경악으로 물들었다.

당초성이 당록에게 고개를 돌리며 말했다.

"좌운각을 살피던 이들도 무영단이었습니다."

"그랬… 구나."

당록이 마노의 주검을 가만히 응시하며 고개를 끄덕였다.

"가시지요."

당초성이 벌떡 일어났다.

다들 황망한 눈으로 그를 바라보자 당초성이 착 가라앉은 음성으로 말했다.

"마노가 목숨으로 연 문입니다. 이대로 멍하게 앉아 당할 수는 없지요. 조일곤이 말하기를 우리의 처리를 암흑마교 놈들에게 맡긴다고 했습니다. 지난밤이야 놈들에게 여유가 없어 무사했는지 모르나 이제는 아닙니다. 언제 놈들이 올지 모릅니다. 지금 당장 이곳을 벗어나야 합니다."

"그래, 가자꾸나."

"죽일 놈들!"

당송과 당고후가 황급히 몸을 일으켰다.

"가시지요, 백부님."

당초성이 여전히 무릎을 꿇고 있는 당록에게 손을 내밀었다.

"그래. 가야지."

당록이 손을 잡으며 몸을 일으켰다.

산공독에 내공이 흩어지고, 밤새워 무릎을 꿇고 자신의 죄를 자책하느라 몸은 만신창이가 되었지만 당초성의 손을 잡고 힘겹게 몸을 일으키는 당록의 눈만큼은 분명 살아 있었다.

화산보다 뜨겁고, 만년설보다 차가운 분노를 가득 담은 채로.

第四十七章

운무탈혼진(雲霧奪魂陣)

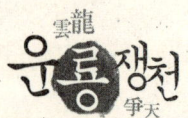

꽝!

그 폭음 소리는 당가에서도 들을 수 있었고 당가를 치기 위해 주둔하고 있던 암흑마교 진영에서도 똑똑히 들을 수 있었다.

그리고 정확히 이각 후, 한 통의 서찰이 은밀히 당승의 손에 전해졌다.

"말도 안 되는 소리를!"

당승이 서찰을 와락 구겨 버리며 소리쳤다.

"좌운각에 갇힌 이들이 독왕뢰와 함께 폭사를 해? 지금 그걸 나보고 믿으라는 말이냐?"

서찰을 전한 사내는 당승의 격렬한 반응에 전전긍긍했다.
"당장 가서 내 말을 전해라. 놈들은 결코 독왕뢰에 당한 것이 아니다. 틀림없이 무슨 수작질을 벌인 것이야. 인근 주변을 이 잡듯이 뒤지라고 해. 산공독에 당했으니 적어도 닷새는 내공을 사용하지 못할 터. 문제는 없을 것이다. 당장 가라. 당장!"
벼락같이 소리치는 당승의 눈은 이글이글 타오르고 있었다.

"건방진 놈이로고."
우한이 불쾌한 표정을 짓자 호주청이 그를 달래며 말했다.
"이해를 하게. 제 목숨이 달렸으니 그럴 만도 하지. 게다가 천외독조(天外毒祖) 장로님의 손자가 아닌가? 우리가 챙겨줘야지."
"춥, 아무리 장로님의 손자라 해도 감히 누구더러."
"그만 하게. 틀린 말도 아닐세. 그놈들이 살아 있다면 앞으로를 위해서라도 반드시 잡아야 해. 뇌강."
"예, 호법님."
"지금 당장 놈들의 행방을 찾는다."
호주청은 당초성 등의 생존을 기정사실로 여기는 듯했다.
"하면 오늘 공격은……."
뇌강이 머뭇거리자 우한의 호통이 쏟아졌다.
"귓구멍에 대못이라도 박은 것이냐! 놈들의 행방을 찾는 것이 우선이라지 않느냐!"

"아, 알겠습니다."

뇌강이 엉거주춤 자리를 떴다.

도끼눈을 치켜뜨며 그 모습을 보던 우한이 울화가 치미는지 탁자를 냅다 후려쳤다.

'젠장. 이렇게 빨리 잡힐 줄이야.'

당초성이 주변을 둘러보았다. 사방에서 적의 모습이 보이는 것을 보니 완벽하게 포위당한 듯싶었다.

마노의 희생으로 좌운각을 벗어나 도주하기 시작한 지 두 시진, 처음 당송과 당고후 등은 당장 당가로 돌아가 조일곤이 꾸민 음모를 분쇄하자고 소리를 높였지만 무공을 잃은 상태에서 적의 이목을 따돌리고 당가로 돌아가는 것 자체가 무리였고 돌아간다고 해도 조일곤의 음모를 막는다는 것 자체가 현실적으로 불가능하다고 판단하여 당가와는 정반대 방향으로 도주를 했다.

하나, 오십여 리를 이동했을 때 결국 그들이 남긴 흔적을 따라 추격해 온 적에게 꼬리를 밟히고 만 것이었다.

"흐흐흐. 고작 여기까지였느냐?"

뇌강의 살소는 보는 이로 하여금 오금이 저리게 하는 힘이 있었다. 그만큼 그의 외모와 말투에서 풍기는 기운은 살벌했다.

'버틸 수 있는 한 버틴다.'

당초성은 당송 등에게 시간을 벌어달라는 신호를 보냈다.

지체없이 당송의 손이 움직였다.

비록 내공은 사라졌어도 평생을 갈고닦은 솜씨.

그의 손을 떠난 암기가 뇌강의 두 눈과 목덜미를 절묘하게 노리며 날아들었다.

"어디서 잔수 따위를!"

코웃음을 친 뇌강이 소매를 휘둘러 당송의 암기를 단숨에 무력화시키고 역공을 펼쳤지만 곧바로 이어진 당고후의 비도가 그의 옆구리를 노리는 바람에 공격을 멈출 수밖에 없었다.

"늙은이들이 제법인데. 한데 어쩌지? 전혀 힘이 느껴지지 않는걸."

빠르고 날카롭기 그지없었으나 자신에게 향한 공격에 별다른 힘이 들어 있지 않음을 간파한 뇌강은 여유가 있었다.

그사이 당초성은 적이 눈치 채지 못하도록 조심스레 움직이며 발밑의 돌멩이를 툭툭 건드리기 시작했다.

당송과 당고후 등이 뇌강과 벌이는 싸움이 꽤나 치열했기에 누구 하나 당초성의 행동을 주목하지 않았다. 덕분에 그는 주변에 간단하나마 진법 하나를 설치할 수 있었다.

"끝이다!"

뇌강의 호통과 함께 무시무시한 힘이 담긴 대감도가 당고후의 머리 위로 떨어져 내렸다.

이미 지칠 대로 지친 상황.

피할 엄두를 내지 못한 당고후가 최후를 직감하고 눈을 질 끈 감았다.
 바로 그때, 그를 잡아끄는 손이 있었다.
 "어딜 감히!"
 뇌강이 차갑게 비웃으며 대감도의 방향을 급히 틀었고 그 누구도 당고후의 목이 떨어질 것임을 의심하지 않았다.
 하나, 대감도는 그저 허공을 갈랐을 뿐이고 목표로 했던 당고후의 모습은 감쪽같이 사라져 버렸다.
 "뭐, 뭐야?"
 뇌강이 영문을 몰라 어리둥절해하고 있을 때 멀리서 그 모습을 보던 우한이 혀를 찼다.
 "진법인가?"
 "그런 것 같군."
 호주청은 어느새 환영에 휩싸여 손발을 어지럽게 놀리고 있는 뇌강을 보며 눈살을 찌푸렸다.
 "과연 사천은현. 그 명성이 헛된 것은 아니군. 그 짧은 시간에 이런 진법을 만들어내다니."
 "무슨 진법인지 아는가?"
 "글쎄. 나도 처음 보는 것이라."
 호주청이 고개를 흔들었다. 그러자 우한이 다소 놀란 표정을 지었다. 진법에 문외한인 자신과는 달리 호주청은 암흑마교에서도 손꼽히는 진법의 달인으로 알려졌기 때문이었다.

"일단 저놈부터 구해야겠네. 저리 두었다가는 제풀에 목숨을 잃고 말 테니."

몸을 훌쩍 날린 호주청이 몸부림을 치고 있는 뇌강의 뒷덜미를 낚아채듯 잡아 집어 던지고는 진세에 휘둘리기 전에 황급히 빠져나왔다.

"호, 호법님."

뇌강이 공포에 질린 눈으로 주변을 살피다가 안도의 한숨을 내쉬었다.

"어떻게 된 것이냐?"

호주청이 그가 진정되기를 기다렸다가 물었다.

"그, 그게… 처음엔 아무렇지도 않았는데 난데없이 눈보라가 몰아치더니 온갖 괴물들이 저를 공격했습니다. 죽여도 죽여도 죽지 않고 물밀듯이 밀려드는 괴물들이……."

고작 서너 번의 호흡도 되지 않는 짧은 순간이었건만 마치 몇 날 며칠을 겪은 듯 떠벌리는 뇌강. 그때의 공포가 되살아나는지 뇌강의 몸이 부르르 떨렸다.

"운무탈혼진이구나."

그 옛날, 당초성이 무명신군에게 사용했던 바로 그 진법이었다.

"예. 워낙 시간이 촉박해서 제대로 펼쳐졌는지 모르겠습니다."

"훌륭했다. 그토록 급박한 순간에 돌멩이 몇 개로 이런 진법을 설치하다니. 네가 아니고선 엄두도 못 낼 일이야."

당록이 진심으로 감탄을 했다.

"덕분에 내 목숨이 붙어 있구나."

당고후가 하얗게 질린 얼굴로 말했다.

진법이 설치된 순간이 조금이라도 늦었다면, 당초성이 그의 팔을 잡아채는 것이 조금만 늦었다면 당고후는 대감도에 의해 목숨을 잃었을 것이다.

"급한 불은 껐지만 내공을 되찾을 수 있을 때까지 버티려면 아직 보완해야 할 곳이 많습니다."

"언제쯤이면 내공을 되찾을 수 있을 것 같으냐? 내 많은 산공독을 경험해 봤지만 이런 놈은 처음이라 감을 잡을 수가 없구나."

당송의 물음에 당철이 한껏 이마를 찌푸리며 말했다.

"확신할 수는 없으나 최소한 삼 일은 더 버텨야 되지 싶습니다."

"그렇게나 오래?"

"예."

대답은 그리해도 가히 자신있는 표정은 아니었다.

"큰일이구나. 놈들이 가만있지는 않을 것인데. 독왕뢰라도 터뜨리는 날엔……."

상상만으로도 끔찍한지 당고후의 안색이 파리해졌다.

"그래도 버티도록 해봐야지요. 죽을힘을 다해서."

그 순간, 당초성의 머리엔 그가 알고 있는 수십, 수백 가지의 진법이 미친 듯이 날아다니고 있었다.

* * *

"망할! 아직도 뚫지 못한 것이냐?"

치미는 화를 억지로 참는 것인지 당승의 입술이 위아래로 씰룩거렸다.

"놈이 펼친 진법이 너무도 교묘해서 시간이 걸리는 것 같습니다."

"시간이 걸려? 벌써 사흘이나 지났다. 대체 언제까지 질질 끌 셈이라더냐?"

마침내 참고 참았던 화가 폭발한 당승이 손에 든 술잔을 집어 던졌다.

사내의 얼굴에 직격한 술잔이 산산조각이 나 흩어지고 찢어진 이마에서 한줄기 피가 흘러내렸다.

그제야 화가 조금 가라앉은 것인지 당승이 의자에 털썩 주저앉으며 말했다.

"잠시 후면 당유조가 임시 가주직에 오른다. 놈들만 사라지면 모든 것이 계획대로 끝난단 말이다."

"독왕뢰가 전해진 이상 진법은 파괴될 것이라 말씀하셨습니다."

"그래야지. 몇 개 남지 않은 것을 빼돌리느라 내 얼마나 고생을 했는지 똑똑히 전해라."

"알겠습니다."

"아, 그리고 놈들은 좌운각에서 본교의 고수들과 폭사한 것으로 만들어놓았으니 행여나 생포하거나 흔적을 남길 필요는 없다고 전해라. 아예 시신조차 남기지 말라고 해."

"그리 전하겠습니다."

"가봐."

당승이 신경질적으로 손짓을 하자 사내가 정중히 허리를 꺾으며 물러났다.

"병신들 같으니."

홀로 남은 당승이 술병을 잡아채더니 단숨에 비워 버렸다.

한데 그런 당승을 바라보는 눈길이 있었다.

'그랬단 말이지. 어쩐지 이상했어.'

당승이 머물고 있는 전각 천장에 거꾸로 매달려 있는 사내.

무당산을 떠나 마침내 당가에 도착한 도극성의 안색은 심각하게 굳어 있었다.

밤낮을 가리지 않고 내달린 끝에 겨우 성도에 도착할 수 있었건만 그를 반긴 것은 잿더미로 변한 당가타의 참담한 모습뿐이었다.

자신이 너무 늦은 것은 아닌지 낙담을 하던 도극성은 다행히 당가가 아직은 건재하다는 것을 알고 그 즉시 암흑마교의 이목을 피해 당가로 입성했다.

상황이 어찌 돌아가는지 제대로 판단이 서지 않았기에 당가의 이목도 속인 후, 당초성을 찾았다.

한데 아무리 찾아도 당초성의 모습은 보이지 않았다.

당고후도 없었으며 당철도 없었다.

어찌해야 할지 판단을 내리지 못하고 있을 때, 암흑마교의 포위망을 너무도 쉽게 뚫고 당가로 진입하는 사내를 보았다.

당가에서도 그는 별다른 제지를 받지 않았다.

본능적으로 뭔가 이상하다는 느낌을 받아 그를 따라 움직인 도극성은 결국 음모의 한 자락을 엿보게 되었다.

'네놈이 조일곤이라는 놈이로구나.'

당장에라도 그를 족치고 싶었지만 우선은 당초성을 구하는 것이 우선이었다.

'네놈의 목숨은 초성 형님께 맡기마.'

싸늘한 시선으로 당승을 노려본 도극성이 막 자리를 뜨려는 순간이었다.

"웬 놈이냐!"

벼락 같은 호통과 함께 창문을 뚫고 술병이 날아들었다.

이어 긴장된 모습의 당승이 모습을 보였으나 그는 아무것도 발견하지 못했다.

도극성은 이미 사내를 쫓아 사라진 지 오래였다.

"이제는 힘들 것 같습니다."

당초성이 초췌해진 얼굴로 말했다.

지난 사흘간, 호주청은 온갖 방법을 동원하여 당초성이 설치한 진법을 뚫으려고 했고 그때마다 당초성은 필사적으로 방어를 했다. 몇 번 위기가 있기도 했지만 당초성은 굴러다니는 돌멩이, 몇 그루 없는 나무와 바위를 이용하여 겨우겨우 위기를 넘겨왔다.

그렇게 버티는 동안 당초성은 단 한순간도 휴식을 취하지 못했다. 음식을 섭취하기는커녕 물 한 모금 마시지 못했다. 체력은 예전에 바닥이 났고 정신력으로 버티기엔 분명 한계가 있었다.

"그만하면 되었다. 너는 최선을 다한 것이야."

"암, 이 정도 버틴 것만 해도 기적 같은 일이지. 이제는 우리에게 맡겨두거라."

당송과 당고후가 안쓰러운 눈으로 당초성을 위로했다.

"어느 정도나 회복하신 겁니까?"

당초성이 힘없이 물었다.

"오 할 이상."

"백부님께선……."

"싸울 만큼은 된다."

당록이 점점 무너지는 진법을 응시하며 투기를 불태웠다.

하나, 당초성은 알고 있었다. 그들이 필사적으로 내공을 회복하려 노력했고 어느 정도 힘이 돌아온 것도 사실이나 그들 역시 지난 사흘간 제대로 휴식을 취하지 못한데다가 제대로 먹지 못해 체력이 바닥이라는 것을. 아무리 내공을 회복해도 체력이 받쳐 주지 못하면 온전한 힘을 낼 수 없었다.

'후~ 결국 이리되는 것인가.'

당초성이 체념 어린 눈으로 하늘을 바라보는 순간, 천지를 뒤흔드는 거대한 폭발음과 함께 엄청난 충격파가 주변을 휩쓸었다.

그 충격이 가라앉을 즈음, 당초성 일행은 지금껏 자신들을 지켜주던 진법이 흔적도 없이 사라진 것을 알 수 있었다.

"쥐새끼들!"

그간의 울분을 폭발시키는 듯한 외침과 함께 뇌강의 대감도가 날아들었다.

당록이 기다렸다는 듯 그의 가슴을 파고들었다.

왼쪽 어깨로 손목을 밀쳐 정수리에 내려꽂히는 대감도의 방향을 틀고 오른쪽 손으로 뇌강의 가슴에 연환쇄혼장(連環碎魂掌)을 날렸다.

퍽. 퍽. 퍽.

삼연타를 날리고 물러나는 당록.

가볍게 호흡을 가다듬고 있는 그의 눈에 무려 오 장여를 날아가 처박히는 뇌강의 모습이 들어왔다.

손에 묵직한 느낌이 왔다.

비록 전력을 다할 수는 없었으나 성난 멧돼지 한 마리를 때려잡기엔 충분하리라 여겼다. 하지만 성난 멧돼지로 치부하기엔 뇌강의 몸뚱이가 너무 단단했다.

당록이 가슴을 파고들고 그의 공격을 허용하게 되었을 때 뇌강은 본능적으로 패갑심혼공(覇鉀心魂功)을 일으켰다.

단순히 몸뚱이만 단단하게 만드는 것이 아니라 혼백까지 금강석처럼 단단하게 만드는 암흑마교의 외문기공.

비록 가슴에 선명한 손자국이 남았고 움직일 때마다 뼛속까지 고통이 느껴졌지만 그 고통은 오히려 전투력을 고취시키는 역할을 했다.

"육시를 내주마."

무시무시한 살기와 함께 양손으로 대감도를 움켜쥐고 돌진하는 뇌강의 모습은 공포 그 자체였다.

꽝!

지축을 뒤흔드는 엄청난 폭음에 도극성의 신형이 그대로 멈췄다. 그것이 독왕뢰가 터지며 나는 소리라는 것은 굳이 말을 하지 않아도 알 수 있었다.

상황이 급박하게 돌아간다고 여긴 도극성이 발끝에 힘을 모았다.

폭음 소리로 이미 방향은 확인된 터. 그는 자신보다 앞서

가는 사내의 등을 그대로 밟아 짓누르며 허공으로 치솟았다.

그 빠르기가 가히 섬전을 아래로 본다는 은현선문 최고의 신법 능광신법이 펼쳐진 것이었다.

'조금만, 조금만 버티시구려.'

바람을 가르며 내달리는 도극성의 안색은 초조하기 그지없었다.

"크윽!"

외마디 비명과 함께 당록의 신형이 힘없이 땅바닥을 굴렀다.

간신히 몸을 일으키는 당록의 몰골은 말이 아니었다.

하얗게 변했던 그의 백발은 자신의 몸에서 흘러나온 피로 인해 적발로 물들어 버렸고, 왼쪽 팔은 팔꿈치에서부터 무참히 잘려 나갔다. 옆구리에서도 선홍빛 핏물이 온천수처럼 치솟고 있었다.

그에 반해 뇌강은 옷이 조금 찢어진 것 외에는 별다른 이상이 없어 보였다.

"과연 대력신(大力神). 화가 나면 흑영전단 단주도 어쩌지 못한다더니만 대단하군."

우한이 지칠 줄 모르는 힘과 투지를 바탕으로 당록을 몰아붙이는 뇌강을 보며 감탄을 금치 못했다.

"그러니까 저 둔한 머리로 대주에 오른 것이겠지. 어쨌거나 자네 말대로 대단하긴 하군. 저 치의 무공이 약한 것이 아닌데 말이야. 솔직히 정상적인 몸이라면 나조차도 승부를 가늠키 어렵겠어."

호주청이 곧 쓰러질 듯 비틀거리는 당록을 가리키며 말했다.

우한도 이에 동의를 하는지 입맛을 다시며 당록을 바라보았다.

무인으로서 강한 상대와 싸우고자 하는 것은 한결같은 바람.

그의 눈에서 좋은 상대를 놓친 데 대한 아쉬움이 묻어 나왔다.

"어쨌거나 끝이군."

우한의 말대로였다. 당록은 더 이상 뇌강의 공격을 막을 힘이 없었다. 그렇다고 다른 사람의 도움을 기대하기도 힘든 것이 다들 흑영일대의 포위공격에 목숨이 위태로운 상황이었다.

공격을 받지 않고 멀쩡한 사람은 오직 당초성뿐이었는데 진법을 설치하고 지금까지 유지해 오느라 모든 진력을 쏟아붓고 탈진한 그는 적으로부터도 애당초 논외의 대상이었다.

"이제 그만 뒈져라."

마치 망나니가 죄인의 목을 베듯 대감도를 이리저리 흔들며 다가온 뇌강이 마지막 일격을 가했다.

'이제 끝이로구나.'

저항할 힘을 잃은 당록이 회한 어린 얼굴로 뇌강을, 그리고 자신의 목을 향해 짓쳐오는 대감도를 바라보았다.

바로 그 순간, 당록은 한줄기 바람이 자신의 곁을 스치며 지나간다는 느낌을 받았다.

그 바람이 뇌강을 날려 버렸다.

"크으."

당록의 연환쇄혼장에 격타당했을 때처럼 무참히 날아가 바닥에 내리꽂힌 뇌강.

충격은 그때보다 덜했으나 두 번씩이나 당했으니 굴욕이 아닐 수 없었다.

벌떡 일어난 뇌강이 자신에게 몸통 박치기를 선사한 사내를 찾기 위해 눈을 희번덕거렸다.

뇌강을 어깨로 들이받아 버리고 당록을 구한 사내, 도극성의 신형은 어느새 당초성에게 다가가 있었다.

"자, 자네!"

"접니다, 형님. 괜찮으십니까?"

"괜찮을 리가 있나?"

당초성이 쓴웃음을 지으며 말했다.

"빨리 온다고는 왔는데 제가 너무 늦은 것 같습니다."

"와준 것만으로도 고맙네. 솔직히 이곳에서 버티면서 마음 한구석 그런 마음을 가지고는 있었지. 잠행록을 해독했다면 어쩌면 자네가 와줄지도 모른다고 말이야."

"예. 당가에도 암흑마교의 간세가 숨어 있더군요. 의선당주라나… 혹시나 해서 달려왔는데……."

"고맙군. 믿음을 저버리지 않아서 말일세."
"그랬다니 다행입니다. 잠시 쉬고 계십시오."
당초성을 바라보던 부드러운 눈빛과는 달리 뇌강에게 시선을 돌렸을 때 도극성의 눈에선 싸늘한 한기가 느껴졌다.
"네놈이 감히 내 몸을 들이받았다 이거지!"
"……"
"그래 봤자 흠집 하나 나지 않는다."
"몸뚱이에 자신이 있는 모양이군."
"네놈 따위에겐 당하지 않을 정도는."
"그래? 하면 어디 증명을 해봐."
차갑게 비웃은 도극성이 뇌강을 향해 손을 까딱거렸다.
"이놈이!"
화를 참지 못한 뇌강이 무지막지한 힘으로 대감도를 휘두르고 도극성은 양발을 움직이지도 않은 채 그저 상체만 이리저리 틀면서 뇌강의 공격을 흘려 버렸다.
"생긴 것만큼 둔하군."
콧김이 뿜어져 나올 정도로 흥분한 뇌강을 보며 짧게 내뱉은 도극성이 손을 뻗었다.
뇌강은 얼굴을 향해 오는 도극성의 손바닥을 멍하니 바라보았다. 피해야 한다는 생각이 들기는 했지만 행동으로 옮길 수도 없을 정도로 도극성의 손속은 빨랐다.
쫘악!

마음까지 시원해질 정도로 경쾌한 타격음이 주변에 울려 퍼졌다. 심지어 당송 등을 공격하던 이들마저 공격을 멈추고 돌아볼 정도였다.

하나, 정작 얻어맞은 뇌강은 그렇지가 못했다.

"크으으."

비록 나가떨어지지 않고 버텨는 냈지만 뇌강의 그 큰 몸집이 휘청거렸다.

"견딜 만한가 보지?"

도극성이 재차 손을 뻗었다.

손길을 피하기 위해 뇌강이 필사적으로 몸을 틀었으나 부질없는 짓이었다.

쫘악!

또 한 번의 경쾌한 격타음과 함께 뇌강의 허리가 그대로 꺾였다.

턱뼈가 어긋날 정도로 이를 꽉 깨문 뇌강이 몸의 중심을 잡기 위해 애를 썼으나 뇌를 뒤흔든 충격은 쉽게 헤어 나올 수가 없는 것이었다.

"저, 저건."

당초성의 곁으로 다가온 당록이 못 볼 것을 봤다는 듯 오만상을 찌푸렸다.

취혼수라면 그도 뼈저리게 겪어본 적이 있었다.

그것도 도극성이 아닌 무명신군에게.

아는 사람은 아는 것이다.

취혼수가 얼마나 지독한 수법인지.

도극성은 결국 중심을 잡지 못하고 무너지는 뇌강에게 마지막으로 풍뢰신장을 선물로 안겼다.

"크헉!"

핏줄기를 토해내며 나가떨어지는 뇌강.

그의 가슴이 망치로 두들겨 맞은 듯 흉측하게 일그러져 있었다.

"이제 알았지? 네놈 몸뚱이가 얼마나 허약한 것인지."

뇌강은 도극성의 말을 듣지 못했다. 이미 그의 의식은 육체를 떠난 지 오래였다.

"너는 누구냐?"

우한이 물었다.

그의 전신에서 이는 살기에 도극성의 옷이 펄럭거렸다.

"도극성."

"도극성?"

어렴풋이 들어본 이름이었으나 정확하게 기억은 하지 못했다.

그것은 우한의 일생일대 최고의 실수였다.

도극성은 자신을 향해 다가오는 우한과 아직은 지켜보고 있는 호주청을 가만히 응시하며 삼원무극신공을 최대한으로 끌어올렸다.

'속전속결. 최대한 빨리 끝낸다.'

그간의 싸움을 통해 다수의 적을 치기 위해선 가장 먼저 우두머리를 제거해야 한다는 것을 누구보다 잘 알고 있었던 그였다.

     *   *   *

"오랜만입니다."
"예. 오랜만에 뵙습니다, 소주님."
신산이 황급히 허리를 꺾었다.
"어떻게, 일은 잘 진행되고 있습니까? 한창 시끄럽던데요."
"아직까지는 큰 무리가 없습니다만 지금부터 시작이지요."
"어련하시겠습니까? 사도천과 수라검문이 그리 만만한 곳이 아니라 들었는데 하루아침에 날려 버리다니 실로 대단하십니다."
담사월이 감탄을 금치 못하겠다는 얼굴로 말했다.
"제가 한 게 무엇이 있겠습니까? 다들 목숨을 걸고 싸워준 덕분이지요. 게다가 하나같이 일당백의 용사들인지라."
"아무리 일당백의 용사들이라 해도 군사의 뛰어난 계책 없이 그런 성과는 있을 수 없다고 봅니다."
"과찬이십니다."
"한데 복우산에선 조금 실수가 있었다고 들었습니다."

신산의 얼굴에 살짝 그늘이 졌다.

"예. 제가 불민하여……."

"군사의 잘못이 아니지요. 설마하니 무명신군이 개입하리라 누가 상상이나 했겠습니까?"

"어떠한 변수라도 예측을 했었어야 합니다. 그게 바로 제가 할 일입니다."

"하하하, 누가 들으면 군사가 신이라도 되려는 줄 알겠습니다."

"후~ 솔직히 신이라도 되고 싶은 심정입니다."

"너무 완벽해지려다간 오히려 허점을 보이는 법입니다. 앞으로 이와 같은 일이 부지기수로 일어날 터인데 그때마다 이리 자책하시면 어디 견디시겠습니까? 군사께선 조금 더 대범해지실 필요가 있을 듯합니다."

"소주님의 충고 가슴 깊이 새기겠습니다."

신산이 정중히 예를 표하자 담사월이 다소 민망한 표정으로 말했다.

"제가 너무 주제넘은 말을 한 것은 아닌지 모르겠습니다."

"그럴 리가요. 못난 사람에게 큰 힘이 되는 말씀이셨습니다."

신산이 당치도 않다는 듯 손사래를 쳤다.

"그리 생각해 주시면 고마울 뿐이지요. 한데 사부님을 뵙고 나오시는 길인가요?"

"예. 잠시 보고드릴 것이 있었습니다. 그렇잖아도 소주님을 기다리고 계셨습니다. 어서 가보십시오."

"예, 그래야겠습니다."

신산에게 목례를 하며 스쳐 지나가던 담사월이 문득 걸음을 멈추고 고개를 돌려 물었다.

"그런데 군사님."

신산이 걸음을 멈추고 공손히 몸을 돌렸다.

"죽림이라는 곳을 아십니까?"

순간적으로 동요하는 눈동자. 하나, 추호의 내색도 없었다.

"글쎄요. 인근에 죽림이라는 곳은 없는 것 같은데… 제가 알아야 합니까?"

"아닙니다. 저도 그냥 우연히 듣게 된 명칭이라… 혹여 군사님께선 아실까 여쭤봤습니다. 별것 아니니 신경 쓰지 마십시오."

"예. 따로 하명하실 말씀이 없으시면 이만 돌아가야겠습니다."

"다음에 뵙도록 하지요."

언제나 그렇듯 단아한 발걸음으로 집무실로 향하는 신산.

그를 보는 담사월의 무심한 눈엔 참으로 의미심장한 기운이 깃들어 있었다.

'신산. 정말 순식간의 일이었지만 당신의 눈동자가 흔들리는 것을 보았어. 보고 말았다고.'

"사부님."

"들어오너라."

담사월이 방으로 들어서자 비스듬히 침상에 누워 신산이 두고 간 각종 보고서를 살피던 하후천이 천천히 몸을 일으켰다.

"지난밤에 도착했다고 들었다만."

"예. 너무 늦은 듯하여 들르지 않았습니다."

"그러리라 생각은 했다."

어딘지 모르게 조금은 서운한 음성이었다.

"그간 편안하셨습니까?"

"뭐, 그럭저럭. 어떠냐, 오랜만에 돌아온 소감이?"

"소감이랄 게 뭐 있겠습니까? 그저 그렇습니다."

천하에 누가 있어 암흑마교 교주 하후천을 앞에 두고 이렇듯 시건방진 반응을 보일 수 있을까?

오직 담사월뿐이었다.

"쯧쯧, 네 녀석은 어찌 하나도 변하지 않은 것 같구나."

"사부님도 그대로이십니다."

하후천이 약간은 찌푸린 눈으로 말했다.

"시답잖은 농은 그쯤 해두고 어서 와 앉거라."

하후천의 음성이 진지해지자 담사월 또한 몸가짐을 바로 했다.

"너도 알다시피 대업을 이루기 위한 본교의 행보가 시작되었다."
 "수라검문과 사도천을 초토화시켰더군요. 그 때문에 난리도 아닙니다."
 "어차피 상대는 그놈들이 아니야."
 "대정련입니까?"
 하후천이 고개를 끄덕였다.
 "뭣도 모르는 놈들은 수라검문이나 사도천을 대정련과 동급으로 보지만 말도 안 되는 소리지. 그들의 뿌리는 우리만큼이나, 아니, 솔직히 우리보다 깊고 지닌 저력 또한 대단한 것이다. 결코 만만한 상대가 아니야."
 "그래도 대적하지 못할 상대라 생각하진 않습니다."
 "물론이다. 절치부심한 세월이 수백 년이야. 결코 실패는 없다."
 하후천이 손가락 세 개를 펼쳤다.
 "삼 개월, 그 안에 결판이 날 것이다."
 "그랬으면 좋겠습니다."
 "무슨 뜻이냐?"
 담사월의 말에서 묘한 뒤틀림을 느낀 하후천이 안색을 굳히며 물었다.
 잠시 망설이던 담사월이 조용히 입을 열었다.
 "죽림이라는 곳을 아십니까?"
 "죽… 림?"

하후천이 고개를 갸웃거리자 그럴 줄 알았다는 듯 담사월이 한숨을 토했다.

"돌아오다가 여몽인을 만났습니다."

담사월은 자신이 여몽인을 구해낸 일과 그에게 전해 들은 충격적인 사실에 대해 비교적 담담한 어조로 설명을 했다. 하지만 하후천은 그럴 수가 없었다.

"그게 사실이냐?"

착 가라앉은 음성에 절로 한기가 들었다.

"예. 제가 잘못 들은 것이 아닌 이상 틀림없습니다."

"본교에 쥐새끼가 자라고 있었단 말이지?"

"투밀단의 수뇌급을 꿰차고 있을 정도면 제법 몸통이 큰 놈이지요. 정보까지 차단할 수 있는 정도니까요."

"정보를 차단해?"

하후천의 굵은 눈썹이 꿈틀거리자 담사월이 조금은 답답하다는 듯 말했다.

"당시의 일을 아는 사람의 숫자만 수십이 넘습니다. 여몽인이 비록 함구령을 내렸다지만 본교의 눈과 귀의 역할을 하는 투밀단이 모를 리가 없지요. 한데 아무런 보고가 올라오지 않았습니다. 그것이 의미하는 바는 하나뿐입니다. 정보가 차단됐다는 것. 다른 곳도 아닌 투밀단 내에서."

"하면?"

하후천이 경악 어린 눈으로 반문했다. 그만큼 담사월의 말에는 무시무시한 뜻이 내포되어 있었다.

"예. 어쩌면 군사까지 의심해야 할 수도 있습니다."

"……."

하후천은 침묵했다.

있을 수도 없고 절대로 있어서도 안 되는 일이었다.

그래도 확인을 하지 않을 수는 없었다.

"마혼(魔魂)."

이름을 부르는 순간, 그 자리에 한 사람의 그림자가 생겨났다.

그의 존재를 알고 있던 듯 담사월에게선 동요가 없었다.

"들었느냐?"

"들었습니다."

"석 달 주겠다. 만족할 만한 성과를 가지고 오너라."

"존명!"

나타날 때와 마찬가지로 마혼의 모습이 흔적도 없이 사라졌다.

마혼이 사라진 후, 깊은 상념에 잠겼던 하후천이 입을 열었다.

"네가 나서주어야겠다."

"……."

"너를 감찰단주에 임명하겠다. 아울러 묵령신검(墨靈神劍)을 주마."

"묵령신검을요?"

담사월이 깜짝 놀라 되물었다.

묵령신검은 교주를 상징하는 물건.

그만큼 막강한 힘을 부릴 수 있는 권한이 있는 검이었다.

"십대장로를 제외한 그 누구라도 선참후계를 용인하마."

"미끼가 되라는 말씀입니까?"

"마음껏 놀아보라는 말이다."

"마혼이 쉽게 움직일 수 있도록 말이지요."

"대업을 이루기 위함이기도 하지."

"조금 늦추시는 것이 좋지 않겠습니까? 본교에 첩자를 심을 정도면 만만한 적이 아닙니다."

"상관없다. 이 정도에 멈출 것이라면 시작도 하지 않았어."

"하지만……."

"너와 마혼이 움직이고 내가 놈들의 존재를 아는 이상 죽림은 변수가 될 수 없다."

실로 광오한 자존심이었다.

그 광오함이야말로 하후천을 정의하는데 있어 가장 적절한 것이었으니.

"알겠습니다. 정히 원하시면 따르지요."

"어디부터 할 생각이냐?"

"당연히 투밀단부터 파헤쳐야겠지요. 어쩌면 가장 먼저 군사의 목을 날릴 수도 있습니다."

"네가 누구의 목을 날리건 문제 삼지 않을 것이다. 설사 그것이 실수라 해도 상관없다. 하나, 그 대상이 신산이라면… 한 번만 더 숙고해 보거라."

"염두에 두겠습니다. 단, 저도 조건이 있습니다."

"무엇이냐?"

"그게……."

잠시 후, 뇌성벽력이 울고 갈 호통이 침실을 뒤흔들었다.

담사월이 부리나케 도망을 치고 그가 사라진 뒤에도 하후천은 한참이나 화를 참지 못했다.

그날 이후, 절강성을 노도처럼 휩쓸고 있는 암흑마교의 무인들에게 한 가지 명이 떨어졌으니 먼저 도발을 하지 않는 한, 보타산(普陀山)의 검각은 손대지 말라는 것이었다.

*   *   *

쐐애액!

언제 시작을 해야 할지 차분하게 기회를 엿보던 호주청의 공격이 시작되었다.

우한을 치명적인 순간까지 몰아붙이던 도극성은 요란한 파공성과 함께 밀려드는 검기를 확인하곤 황급히 몸을 뺐다.

"뇌벽폭뢰(雷碧爆雷)!"

호주청의 모습은 보이지 않았다. 오직 그의 검에서 갈라져 나온 수십, 수백 가닥의 검기만이 미친 듯이 춤출 뿐이었다.

호주청이 혼신의 힘을 다해 뿜어낸 검기에 우한이 진원지기까지 손상해 가며 펼친 웅풍참섬도(雄風斬閃刀)의 마지막 초식이 한데 어울리자 그 압박감이란 상상을 초월했다.

목숨을 걸고 손에 든 화령도에 모든 공력을 쏟아부은 우한의 공격은 태산이라도 단박에 무너뜨릴 수 있을 만큼 강맹했고, 이름 그대로 푸른빛을 띠고 비상하는 호주청의 검기는 그 날카로움이 가히 뇌전에 비할 만했다.

"위, 위험하다!"

당송의 눈이 휘둥그레지고, 당연은 차마 보지 못하겠다는 듯 고개를 돌려 버렸다.

도극성도 충분히 위기감을 느끼고 있었다. 그래도 자신이 있었다. 복우산에서 이미 이와 같은 합공은 충분히 경험을 했다. 심지어 잠력을 격발시키고, 스스로의 몸을 폭발시키는 자살공격까지 당해보지 않았던가.

우우우우웅!

도극성이 든 검에서 검명이 일었다.

이어 무극진천검법의 화려한 초식이 허공을 수놓기 시작했다.

파스스스.

도극성이 검을 휘두를 때마다 오색찬연한 검기가 뿜어져 나왔다.

변초에 변초를 거듭하면서 모습을 드러낸 수많은 검기들이 그를 중심으로 온 세상을 가득 뒤덮었다.

호주청이 발출한 검기가 그 빛을 잃었다.

빛을 잃은 것에 더해 도극성이 펼친 검기에 완벽하게 동화되어 소리없이 사라져 버렸다.

호주청은 자신이 일으킨 검기를 집어삼키고 그것도 모자라 우한의 공격마저도 무참히 쓸어버리는 검기의 파도를 보며 할 말을 잃고 말았다.

파공성 따위는 없었다.

주변을 울리는 충격음도 없었다.

압도적인 힘.

그들의 싸움은 수백, 수천 리 길을 거침없이 달려온 강물이 거대한 바다와 만나 조용히 순응하듯 너무도 싱겁게 끝이 났다.

도극성이 시전한 무극진천검법이 호주청의 검을 무력화시키고 우한의 웅풍참섬도까지 완벽하게 분쇄한 뒤 남긴 것이라곤 모습을 알아보기 힘든 두 구의 시체와 놀라움과 경악에 사로잡힌 이들의 시선뿐이었다.

"세, 세상에!"

"이겼다!"

당송과 당고후는 눈앞에서 벌어진 일을 도저히 믿을 수 없다는 표정으로 멍하니 서 있었고 고개를 돌렸던 당연만이 환희에 찬 함성을 외쳐 댔다.

"아직도 하고 싶은 마음이 있나?"

도극성이 오연한 자세로 흑영일대를 쓸어보았다.

아무도 입을 열지 못했다.

그들을 이끌던 대주 뇌강이 목숨을 잃었고 두 호법 또한 제대로 대항하지 못하고 목숨을 잃었다. 눈앞의 적은 자신들만으론 도저히 감당하기 힘든 상대였다.

"원한다면 상대해 주겠다."

도극성이 천천히 검을 들며 살기를 발산했다.

순간, 수하들의 간절한 시선을 받은 흑영일대 부대주 주진이 칼을 거뒀다.

"무, 물러나겠소."

잠시 그들을 노려보던 도극성이 살기를 거두었다.

"꺼져라."

짧게 외친 도극성이 몸을 빙글 돌렸다.

흑영전단 사상 가장 치욕적인 순간이었다.

『운룡쟁천』 6권에 계속…

절대군림

장영훈 新무협 판타지 소설

문피아 골든베스트 1위, 선호작 베스트 1위

『표무적』, 『일도양단』, 『마도쟁패』에 이은 장영훈의 네 번째 강호이야기.

절대군림

"왜 우릴 선택했지?"
"당신은 좋은 어른이니까."

호북 제패를 시작으로 적이건의 강호 제패가 시작된다.

"비록 아버지의 강호가 옳다 해도, 난 어머니의 강호에서 살 거야.
아버지의 강호는 너무… 고리타분하거든."

왼손에는 군자검을, 오른손에는 지옥도를 든 천하제일괘일상
행운유수의 장남 적이건. 그의 유쾌하고 신나는 강호제패기

"문파를 세울 거야. 이 강호에서 가장 강하고 멋진."

가면의 레온

눈매 퓨전 판타지 소설

the Mask of Leon

**중원을 공포로 떨게 만든 희대의 악마, 혈마존.
그의 영혼이 기억을 잃은 채 차원 이동을 한다.**

한 소년과 몸이 바뀐 후 깨어난 혈마존.
기억은 지워지고 싸가지없는 본성만 남았다!
욱할 때마다 튀어나오는 살벌한 말투와 그의 독자 무공.

'아, 나는 왜 이렇게 성격이 더러운가?
어째서 이리도 잔인한 기술을 알고 있는 것인가? 착하게 살고 싶다.'

살인광이었던 그가 전혀 어울리지 않는 대신관이 되기로 결심한다.
하지만 그 본성이 어디 가나…….

"이런 빌어 처먹을 놈들, 신전에서 봉사 활동 안 할래?"

유행이 아닌 자유추구 -
WWW.chungeoram.com
Book Publishing CHUNGEORAM

임준욱 장편 소설

무적자
WITHOUT MERCY

그의 이름은 임화평(林和平)이다.
이름처럼 살기를 소망했고 그렇게 살아왔다.
그를 건드리지 말았어야 했다.
조용히 살게 놔두었어야 했다.

"너희들 실수한 거야.
내 세상의 중심,
내 평안의 근거를 깨뜨린 거다.
세상 전부와도 바꿀 수 없는……
알게 해주마, 너희들이 누구를 건드린 건지."

그의 고독한 여정이 시작되었다.

─오, 바라타족의 아들이여. 언제든지 정의가 무너지고 정의가 아닌 것이
판을 치는 때가 되면 나는 곧 나 자신을 나타내느니라.
올바른 자를 보호하기 위하여, 악한 자를 멸하기 위하여, 그리하여 정의를
다시 세우기 위하여, 나는 시대에서 시대로 태어난다.

〈바가바드기타 중에서〉

유행이 아닌 자유추구 ─
WWW.chungeoram.com
Book Publishing CHUNGEORAM

정봉준 新무협 판타지 소설

『철산전기』의 작가 정봉준!!!
팔선문을 통해 또 다른 유쾌함을 선사한다!!

뛰어난 자질을 갖춘 팔선문의 대제자 유검호,
그의 치명적인 단점은 게으름과 의지박약!

천하제일마두의 기행에 재수없이 동참하게 된 의지박약아.
갖은 고생 끝에 가까스로 고향으로 돌아오다.

"무림? 그딴 건 개나 주라 그래. 나만 안 건드리면 돼!"

시간을 가르는 그의 행보에 무림이 뒤집어진다!!!

유행이 아닌 자유추구 -
WWW.chungeoram.com
Book Publishing CHUNGEORAM

War Mage

워메이지

김재한 퓨전 판타지 소설

사람들이 인식하는 상식의 세계 이면,
짙은 어둠이 드리워진 그곳에 사는 괴물들이 있다.

문명이 드리운 그림자 속에서, 전투기계들과
인간의 사념으로부터 태어난 마물들이 격돌한다.
마법과 주술이 난무하는 초현실적인 전장,
소년은 그곳에 서는 대가로 인생을 잃었다.
운명의 노예가 되어 가족과 인성을 잃어버린 소년, 진유현.

총염(銃炎)과 검광(劍光)이 뒤얽히는
어둠의 거리에서, 운명의 족쇄를 끊고 나온
소년의 눈이 살의를 발한다.

유행이 아닌 자유추구 -
WWW.chungeoram.com

Book Publishing CHUNGEORAM